従軍慰安婦たちの真実

戦争の習わしを蔑む

山田盟子

元就出版社

まえがき

朝岡淳子は近年私に、次のような便りをくれました。

「私は世間に顔を出すことができない身です。私の無念の想いを、世に伝えてやってください。私と同じ苦しみを味わった五十万といわれる慰安婦のために、そう願っております」

彼女は戦時中に「慰安婦」の衛生将校をしていた父親に、戦後に生まれて嫁にゆくまで、性暴力を受けた痛みを、苦界の女たちをアジア、太平洋各島を取材し書き続けた私に一心に書き送り、慰安婦のことをいろいろと知りたがっていました。

父親のような人間をつくり出した根本には、日本の侵略戦争があり、慰安婦の制度を日本に押しつけたのは、ドイツから明治十八年より、日本陸軍の指導者にされたメッケル少佐が日露戦も勝たせ、満州事変に続いた日支戦中に帰国していたドイツから、上海にやってきて日本軍に命じ、以来大東亜戦争には、日本軍は五十万の慰安婦を生んでいました。

私は費用を持って、被害者の父親が派遣されたスマトラのパレンバンまで、彼女を連れて取材の旅にも出たのです。

親とは縁切りのままの彼女は、私とは親子のように付き合っています。

なお、本書はすべて事実を基に執筆、構成していますが、朝岡淳子の記述に関しては非常にデリケートな問題を含んでいますので、一部設定を変えてプライバシーの保護に配慮しました。ただ、内容そのものは事実に基づいています。

また、慎重を期するために、朝岡淳子への聞き取りや取材、電話での交信などを「書簡」形式に変え、著者が再構成したことをお断わりしておきます。

従軍慰安婦たちの真実——目次

まえがき 3

第一章——狂気の家 13

第二章——皇軍の兵　50

第三章——無念の涙　85

第四章──異郷の露 119

従軍慰安婦たちの真実

戦争の習わしを蔑む

第一章——狂気の家

春の便り

その便りには痛ましい苦悩が記されておりました。人々の重い悩み事というものは言葉少ないものですが、それでも彼女（朝岡淳子）は汚濁の川を渡り終えたかのように、一面では客観的な姿勢を忍ばせた長い長い便りでもありました。

戦争による女の性被害の多くは、侵攻地だけのものと考えていた私だけに、「家庭慰安婦」にされてあった彼女に哀しみ、その後の長い交わりの事実を本人の承諾を得て、ここに記させていただきます。

『私は一九九二年に山田さまの著わされました「慰安婦たちの太平洋戦争」を拝読した主婦でございます。

今回、このような形でお手紙を差し上げることをお許しください。私は九二年にどうしても山田さまをお尋ねしたいと思いつつ、果たすことができませんでした。

韓国人女性が慰安婦を名乗り出る以前にどうやって、これほどの資料と証言を集められたのか、どのように日本軍の暗部を知り得ることが可能であらせられたのか、私はどうしても知りたい、お伺いしたいと思いつつ悶々とした日を送ってまいりました。

私が今、このような形でお手紙いたしますのは、私の家族、家庭を知っていただくことで、戦中慰安婦を虐待する側であった、日本軍の一員であった父が、戦後いかに人間性を喪失していたか、ひとつの事実として知っていただきたいと思ったからです。虐待した側の戦後の愚行を知っていただきたいと思ったからです』

文面の終行には「あの女性たちの名誉回復に繋《つな》げていただきたいと願っております」とあった。しかし、次便以降の二百枚余の便りの事実を知るに及んで、名誉回復は慰安婦ばかりか彼女自身のことにも気づかされたのでした。

「前略」に始まる次便はこうです。

私は家庭内の慰安婦

『私は山田さまのご執筆された「慰安婦たちの太平洋戦争」を拝読しました昭和二十九年生まれの四十二歳の主婦です。……日本軍の性処理だけを目的とされ、いわば猟奇の餌食となった、慰安婦に堕《お》とされた女性たちの長い封印された悲しみを知りました。

私は幼い頃より父親から残虐で容赦のない、執拗な暴力や性的な虐待を受けて育ちました。私は二十七歳の時、このまま家にいると父は私を家庭内に閉じ込め、性の奴隷とし社会から抹殺されてしまうと感じ、父親の暴力から逃げる目的で結婚し、名前を変えました。

戦後四十五年を経て、従軍慰安婦の存在を知った時、父の私に対する執拗な暴力と、言葉の限りの侮辱、しつこい性的虐待は、日本軍が慰安婦たちに対して行なった人間の道から外《はず》れる狂気の猟奇的な行為とまったく同質であることを知りました。


一九九〇年からこの七年間、私自身第二子を出産したり、病気をして手術も受けました。産後、婦人科系の病気を患い、体内から込み上げる激痛や悪寒などを何度も経験しました。

私の子宮の病気の苦しみは神が私に、「彼女たち（慰安婦）の痛みを知れ！」と、私に与えた試練ではないかと感じました。慰安婦たちの存在を知ってから私自身、彼女たちの苦しみを想わずに過ごした日々は一日もありません。それほど私の父との日常は、家庭における、いわば慰安婦の強要であったからです。

九〇年に従軍慰安婦の事実を知った時、父に、私に対する虐待は戦時中、慰安婦に対して加えた暴力ではなかったのかと尋ねました。しかし、家庭内でそれまで平然と女性の性器や性交のことを、自慢げに喋《しゃべ》っていたにもかかわらず、従軍慰安婦の問題が社会的に非難され始めると同時に、父は態度を豹変させました。

それまでの父の私に対する残虐で淫猥な言葉を、私が追求した途端、

「そんな卑猥なことを喋った事実などない。そんな性的なことを平気で口走るなんて、キサマ（娘の私を父はいつもキサマと呼んでいました）は狂っているんじゃないか、淫売か」

と叫びました。

また父の知人や親戚に、私が淫乱で色魔で、淫猥なことをいっているから、何をいっても信用し

ないようにと、触れ回っていることも知りました。

私は従軍慰安婦の事実を知るまで、父の残忍さは、父が戦争の被害者であり、自ら失ったものが大きいので、私に暴力をふるうのだ、私の父であるから決して父の不名誉になることはいってはならない、してはならない、と思い、どんな虐待や暴行を受けても必死で耐えてきました。

しかし父は被害者ではなく、残虐な性的虐待を平然と幼女や、あらゆる年齢の女性たちに加えた加害者と知り、父を許すことはできないと思いました。

この数年間、私なりに父を追い詰めてまいりました。その間、何度も山田さまのお力をお借りしたいと思いつつも、一面識もない私がそんなことをしてもいいのかと悩み、実際にお手紙を差し上げることもできませんでした。

ある年の秋、父が私に加えた暴力や性的虐待を文章にし、元従軍慰安婦の女性たちの支援団体の方にお見せしました。

父は、私が家庭内の恥を他人に漏らしたことに激怒し、「家庭内暴力は存在せず、まったく娘の捏造」と身の潔白を証明するために、父も手記を書きました。しかし、その中で父自身が「慰安婦」の言葉を使ったことで、その存在を知らぬといっていたことを、自ら否定することになりました。

これまでの数年間、父は「そんな女性」を見たことも、聞いたこともない。「検査も知らない」といっていたのに、父自身が「慰安婦」という言葉を記述した以上、父の知っていること、父が日本軍の一兵士として行なったことを明らかにしてほしい。そしてなぜに父は私を虐待したのか、その原因を明らかにしたい、そう考えました。

そんな折、支援団体の方々と父を交えて、戦中の日本軍の行動を尋ねてみました。ただその場に私がいると、父も感情的に対立して、真実を聞き出す目的が果たせなくなるとの配慮から、私は席を外すことにしました。

私には少女の時から家庭内で、「戦時下は二百人の女性たちに、延々と続く性的虐待や暴力をふるった」ことを事実と自慢し、性器検査や性的に服従させたことや、暴力によって隷属させたことを吹聴し、それら戦中の行為により、私を虐待する口実にしてきた以上、父は戦中の行為を明らかにしなければならないと考えていました。

父は慰安婦や、家庭慰安婦にした私に対して、謝罪しなければならないと思っていました。

父に戦中のことを問うことによって事実を明らかにし、慰安婦に堕《お》とされた女性たちの名誉回復に繋げてほしいと、そう考えたのです（この一件については、また別便で報告します）』

人間の誇りを返して

『今回、お手紙をいたしますのは、日本が聖戦という名のもとに占領の先々でなした性虐待を、山田さまのお力でもっと明らかにしていただきたい。もう高齢になられた生き残った慰安婦たちの、人生の最後の瞬間だけでも人間としての誇りを還《かえ》してあげて欲しいと、そう願ったからです。

同時に今なお傷ついた心と体で、生活をなさっていらっしゃる方々よりも、虐待を受けた後に殺され、もしくは自ら命を断った方々、強制的な性交渉により性病に感染し廃棄され（殺され）、あるいはそれが原因で死亡した女性たち、すでに現存しない女性たちの数も多かったのではないか、私はそう感じております。

だからその女性たちに名誉と誇りだけでも、還して欲しいと願っています』

『私が家庭内でどのような扱いを受けてきたかを明らかにすることによって、橋本〈朝岡淳子の旧姓〉の家庭、そして日本が犯した戦争の罪深さを認識していただきたいと願い、恥を曝《さら》す覚悟で、お手紙をいたします。どうかご理解ください。

私は従軍慰安婦の女性たちが大東亜戦争で、どのように悲惨で残忍な扱いを受けてこられたのか、そしてどのように苦しい想いで生きてこられたのか、家庭内で慰安婦にされた私だけに理解できます。今、その女性たちが人生の最終章を開く時になって、初めて惨めな体験を話そうとなさったのだと思います。

恥じらう若い世代には、その凄惨な身の傷を「恥」や「身の穢《けが》れ」という意識から誰にも話さず、打ち明けることもならず悶々と、独り苦しんでこられたのではないでしょうか？

その時代の女性たちが苦しい環境の中でも、得ることのできた普通の幸せな結婚生活も、温かい家庭も、人生もすべて放棄せざるを得なかった、あの女性たちが、今老いの中で初めて自らを言葉にすることができたのではないかと思います。

私も四十二歳を迎え、初めて自分の受けてきた異常な性的虐待を自分自身の力で、正面から見つめることができるようになりました。

それはドイツでの生活が契機《きっかけ》となりました。先進的〈東洋の男尊女卑、儒教の父権崇拝の意識の薄い〉思考に接したことによって、過去の凄惨な性的虐待の呪縛から開放されたことにもよるのでしょう。

もし私が幼児期から欧米的な環境で生活していれば、父が家庭内で犯した性暴力はここまで隠蔽されず、早期に発覚し、私は性的な暴力をふるわれた時点で、父の魔の手から逃れることが可能だ

った と思います。

しかし日本の「恥」という意識が私に「異常な家庭内の暴力」を、絶対に口外してはならないという意識を植えつけ、そしてそれを利用して、父が私を性的に服従させることを可能にしたのだと思います。

東洋の強固な男尊女卑と儒教の「恥」という、あてがわれた常識の中で成長し、生活をなさってこられ、最たる恥と屈辱を体験なされた高齢の女性たちが、その体験を語りだされた「勇気ある声」を無駄にしないで！　と祈ります』

彼女の便りは、やっとここから自分史を語りだしたのです。彼女の家に何がどう起きたというのだろう。私は痛む胸に手を当てて章を追わねばなりませんでした。

私の記憶

『私の記憶は四歳頃から始まります。その幼い記憶からも両親が不仲であったと、はっきり感じ取っていました。

私の知っている父は四十代でした。その男が平気で幼女である私を平手打ちにし、拳《こぶし》で殴っていました。

七歳の時、私は自分の不注意で顔を切り、顔中が血だらけになりました。血だらけの私を見た父が、何に対して怒りを感じたのか、私の胸をつかんで血の流れる顔を数回、平手で打ちました。何のために父が殴ったのか、傷口が開くとは思わなかったのか、血が流れているのに平然と父が私を殴ったことに、私は深く傷つき悩みました。

私を殴った父の顔を見て、私は一瞬ぞーっとしました。父は心を病んでいると感じました。父は戦争での恐怖を思い出したからと、だから私を殴ったのだと思いました。

私は幼女から少女へ、そして成人の女性へと成長するすべての過程において、父は私に暴力をふるい、侮辱し、性的に虐待し、徹底的に痛めつけました。

父は何のために、何を目的として私を奴隷のように扱うのか？　父のいう戦中二百人の女性と同様に殴りつけ、性的に服従させ、その女性たちと同じように私を情け容赦なく支配するのが目的なのか？　私には父のいう二百人の女性の存在が事実なのか？　このことも山田さまに教えていただきたいのです』

『私の父は大正十一年生まれです。第二次大戦が終結して約十年が経った時、昭和二十九年に私は生まれました。

私の家庭には病床の祖父母がいました。父は母に対して、いつも高圧的でした。母は父の実の親の世話をさせられて、どんなに尽くしても感謝もされず、女中のような扱いを受けていたので、幼いながら私が母を護《まも》らなければと思っていました。母は父に絶対服従をさせられ、それを見て私は育ったのです。

女は夫を立て、どんな屈辱的な命令にも従わねばならないと、感じて育ったのです。父は母や一人っ子の私に対しても高圧的でしたが、それは暴力も伴うものでした。

今思えば、あれほどの暴行を受けたのに死にもせず、よく生き残ることができたと思います。しかし殺そうと思えばいつでも殺せたのに、殺さないだけの手加減を意識的に加えていたとも思います。

父が家庭内で自分よりもずっと体の小さい私に、何の良心の呵責もなく暴力をふるったことは、赦《ゆる》せることではなかったと思いますが、自分の小さな娘が無残に引き裂かれるのを平然と傍観していた母親も、人間でなかったと思っております』

父の言葉

『父は自分の暴力を正当化する理由にいつも戦時下、二百人の女性を扱った体験を持ち出し、いつも私に暴力をふるっていました。

父は私を殴り、口や鼻から血を出しても、ベルトや棒で殴って、体にミミズ腫れの跡が何本も走っても、自分の仕打ちで興奮し、余計に凶暴になりました。

「何だ！　これくらい！　キサマの傷なんか大したことない！　オレは戦中、もっと苦労をした！　オレは二度もこの頃、鼓膜を破った！　キサマなんて大したことはない」

そういって、父は私をさらに殴りつけました。

「お父さん、戦争なんてもう終わったよ。だからもう殴らないで」

土下座して頼みこむ私のお腹を、父は容赦なく蹴り上げました。

「キサマ、分かったか！　オレに逆らうと、こんな目に遭うんだ！　オレに逆らうからだ！　女の最後はこうなるんだ。オレに逆らうと畳の上では死ねんぞ！　分かったか！」

「キサマの性根《しょうね》を叩きなおしてやる！　立て！　足を広げて歯を食いしばれ！　性根を入れてやる！　腐った性根を叩きなおしてやる！」

父は私が抵抗できなくなるまで、暴力の手を緩《ゆる》めません。父は一体、何のために、何の目的で私に暴力をふるうのか、まったく理解できませんでした。

私が途中で逆らったり、反抗したり、逃げたりしますと余計に暴力をふるわれるので、いったん殴られたら、父の気がすむまで殴られ続けている方が、被害が軽いことが分かってきていました。ひたすら殴られ続けていることは気が狂いそうで、惨めなことでした。

父は戦中、私よりももっと惨めな体験をして、若い青春を失ってしまったのであったら、父が戦争で残虐な暴行を受けたのであったら、その自分の受けた痛みを癒《いや》すために私に同じ暴力をふるうことも、仕方ないのかとも思いました。

父の過去の心の傷と、取り返せない青春の日々への想いが癒せるのであれば、私は敢《あ》えて父に殴られてあげようかとも思いました。

母は（私の祖母の）看病疲れのせいか、その頃から家事を放棄し、家庭のことも、すでに痴呆になっていた祖母の世話も、当時五年生であった私に任せるようになっていました。自分の人生を犠牲にして看病している祖母や父から殴られるのは、気が狂いそうに辛い日々でした』

私は気が転倒して、彼女の手紙をその場で伏せてしまいました。

父が彼女を性的に服従させていた暴力の内訳は、それまで具体的には語られていませんでした。

青春期を戦中で過ごした彼女の父は、少年期より強烈な国家意識で自分を律したと考えます。衛生将校という慰安婦管理をしていた彼女の父は、国策売春のその仕事にもイエスマンであったはずです。

彼女はこの後、どうしたのでしょう。重い心で私はやっと便りに向き合いました。

父による性器検査

『「オレは戦中、二百人の女の管理をしてきた！　オレが命令したら女どもは、ハイ、ハイと整列して、股を広げるんだ。ハイ！　橋本さま！　といって○○○（性器）を割ってオレに見せたんだ！　ハイとキサマも服を脱げ！　股を開け！　オレが検査してやる！　脱げ！」

と命令しだしたのです。

父はなぜ、そんなことをいうのでしょうか？　なぜ残忍な命令に服従を強《し》いるのでしょうか？

私はまったく理解できませんでした。

私は「いやだ！」「絶対いやだ！」と抵抗しますと、父は私の髪を摑み、引き倒し、顔を殴りつけました。「絶対いや！」と抵抗を続けようものなら、腹を蹴り上げ、次に服を無理やり剝ぎ取り、父が戦中行なった方法と同じように検査を続け、幼くても私にとっては泣けるほどの屈辱でした。

父の前で全裸にされ、「気をつけ！」の姿勢を取れ！　と命ぜられ、そのうえ絶対服従を誓わすのです。

父は私の体を検査しました。胸に触ったり、脇から透かし見をしたり、股下を覗《のぞ》いたりの検査を続行したのです。

父は「気をつけ！」の姿勢から、次に足を広げて立たせ、性器の見える姿勢を取れ！　と命じました。屈辱でした。父は私の性器を触って点検しました。そして父の方に背を向けて立つように命令され、強要されました。父に背を向けて立ち、初めは「気をつけ」の姿勢で、直立を命じられ、次は開脚して立つことを命令されました。それから後部から性器を調べられました。

父は戦中、二百人の女性を整列させ順番に性器を割ったと、自慢げに話しました。衛生将校の自分が椅子に座って命令をかけたら、女性は自分から台に上がり、自分で着物の裾を広げ、自分の手で性器を広げて父に検査をさせたと、いいました。だから私にも父は、その女性たちと同じことをさせる、そして私の体も、父がこれからも検査をしてゆくといったのです。

父は何のために戦争中、女性の性器検査をしたのか、「性」について何の知識もなかった十一歳の私には、何のためなのかまったく分かりませんでした。すごく屈辱でした。でも従わなければ殴られ、とどのつまりは裸にされてしまうのであれば、顔をボコボコに殴られる前に脱いでしまった方が、被害が少ないのです。

それでも「検査」のたびに私が逃げ回ったり、抵抗したするので父はやり方を変えて、風呂に入っている時とか、就寝時を狙って検査しました。

私が風呂に入る時間だと、すでに私は全裸でしたから、父は「検査」の実行が容易《たやす》かったのです。父は私の入浴時を狙って風呂場で行なうようになりました。そして就寝時であれば、パジャマは脱がしやすいのか、疲れて寝入った時を襲えば、ほぼ無抵抗の状態で私を全裸にすることができたからだと思います。

父は性器検査の後に、決まってこういいました。

「キサマの○○○（性器）は大したことはない。粗末なものだ。女はみなセックスされて、捨てられるんだ。女の体は男に可愛がられて喜ぶもんだ。キサマのは粗末だから一回こっきりでおしまい、捨てられるんだ！

オレは見てきたんだ！　キサマも戦中に生まれてきたら、男たちにそうされたんだ！　オレがこれから検査をしてやるから、ありがたく思え！』

性的虐待

『小学五年生までは家庭内で暴力をふるわれても、普通に生活をしていました。家庭内は滅茶苦茶でも学校生活は楽しく、ごく平凡な女の子のように通学し、友達もいました。

しかし、父から性的な暴力をふるわれるようになってからは、私は完全に学校や社会生活から脱落しました。惨めでした。何度も死のうと思いましたが、学校の勉強もできないような環境で、成績も悪かったので私が自殺をしても、劣等生だから自殺したと世間の人に思われるのが悔しく、そしてこんな家庭に母一人残して死ねないという想いから、何度も自殺をふみ止《とど》まりました。

母は私を庇《かば》えないほど父に服従を強いられており、普段でも病人のように見えました。

私が死ねば、この狂気の家庭の事実は抹殺されてしまうけど、父に殴られて死ねば、この残忍な暴力が世間に対して明らかになるので、父から受けるこの一撃で、次の一撃で私が死ねばよい、そう思いながら暴力に耐えていました。

こんな事情もあって、私の学校での成績は最下位に低迷していました。

父の暴力を受け、怪我をして学校へいっても、誰も家庭内暴力と気づかず、先生方からは、私は頭の悪いボーッとした気味悪い子、との評価を受けていました。

成績が悪いからボーッとしている。傷だらけなのも頭が悪いから頻繁に転んで打ちつける。日本の先生は生徒の状況を成績のみで、当時は判断していた気がします。

もし欧米のように子供の体の傷や表情が暗いのは、家庭内で暴力を受けているのでは、最悪の場合、少女は家庭内で性的虐待を受けているのでは、そう心配してくださる先生が一人でも、私の傍《そば》にいてくれたら、私は父の暴力から救いだしてくれただろうと思います。

その頃、誰一人、私が受けてきた家庭内暴力や、性虐待に気づいていませんでした』

『私は十一歳から父に暴力をふるわれ続けましたが、十五、六歳の高校生の頃には、体も大きくなり、体力もつき、以前よりは少し被害が少なくなってきました。しかし父の「性器検査」は高校生になっても続きました。

「もういい加減やめて！　戦争もとっくに終わってるわよ！　関係ないじゃないの」

私がそういっても、父は「性器検査」を強要しました。

「いいか、女はみなこうなるんだ。キサマもそうだ！」

と殴りつけ、私を服従させました。

そして父は、いつも私のことを親類や公衆の面前で、平然と言葉の限り侮辱するので、人前に出るのを私は恐れていました。

性的な暴力を父から受けるようになってから、家庭のことを誰かに漏らしたら、私は余計に暴力をふるわれるのではないかという恐怖と、私が受けている性的な暴力を世間の人に知られるのは恥ではないかという気持ちから、小学五年の頃からのクラスメートとも、親戚の人とも、誰とも顔を合わせて話をすることが怖くなり、正常は人付き合いができなくなってしまいました。

ところがクラスメートが家に遊びにきた時、父は私の友達に向かって、散々に私を侮辱する言葉を吐き続けました。自分の娘の友達に、親なのに、何ゆえに娘の悪口を告げるのか私には理解できませんでした。

私は友達が帰ってから、そのことで父と大喧嘩をしました。

「どうして私の友達に、私の悪口をいうの？　お父さんには関係のないことだからほっといて！　お願いだから私のこと、これ以上かまわないで！」

父の言葉は父であっても父ではない。正常な父でないことを、この時の言葉が証明していました。

「キサマには友達なんか要らないんだ。必要ないから、そういったんだ！　女はみんな○○○（性器）を開かれて、セックスをするだけだ！　だから女には何も要らないんだ。キサマも服など着ないで裸でいろ！　服を着せてやっているのは、裸で出歩かれたら、キサマが狂人だとバレるからな！　だから服を着せてやっているのだ。キサマには友達も、服も要らないんだ！　○○○を広げて、男にセックスをされてればいいんだ！　戦時中に生まれていたら、そうされたんだ！　キサマには何も要らない、何も与えない！　よく覚えておけ」』

『その言葉を聞いて、ぞっとしました。父にとって女性とは、何の発言権もなく、服を着るのもままならず、男に、性的に服従させられるためだけに存在する道具なのか？　だから私の体に、私の友達に何をしても平気なのか、そう思いました。

父は私の人間関係を断ち切り、私が外の社会に向かって発言する能力を持たなければ、父の家庭での狂気の様が、世間に漏れることはない、と考え、私と他者との繋《つな》がりを徹底的に壊したのだと思います。

それは父の家庭内での狂気を他人に知られないようにするために、私への口封じの手段だったと思います。家庭内で常識では考えられない残酷なことをしても、誰も父が残忍な人間、人でなしとは気づかれないように、娘を狂人に仕立て上げ、自分はいかにして馬鹿な娘を育てているか、そう世間の人に思わせようとしているのだと感じます。

そして事実、誰も父の真の姿に気づいた人はいませんでした』

『このようなことにもかかわらず私は、父は私の父なので、外に向かって父の狂気を語ってはならない。私が我慢しなければ、父の社会的（大企業に勤務）地位を汚すことになる。だから私は家のことを口外してはならない。父がどんなに侮辱を私に加えても、そのことは黙っていよう。父の社会人としての地位を守ってあげよう。

だから一生、友もつくらず独りでいようと思いました』

傾いだ家の家具

私は彼女の便りに衝撃を受け、机に伏せってしまいました。

かつて火野葦平が日中戦中に戦場からの帰還兵の日常に、限りなく不安を抱く一文を載せましたが、朝岡淳子の父のような実存を憂いたのかと思ったくらいです。

古い時代の先進国における植民地帝国を後追いした日本は、強烈な国家意識で橋本などの青春を染め上げたことは明白でした。

傾《かし》いだ概念での国家は、個々の人々にとって傾いだ家のようなものに見えてなりません。淳子の父などその傾いだ家に置かれた傾いだ家具で、家族にまみえた、そんな気がします。

衛生将校といって、恣意《しい》的な解釈で性管理を家に持ち込み、秘匿のためには娘の友人まで潰《つぶ》す父親は、自分を正義にするため、たえず娘の不出来を身内や友人に流したというのです。そして高校生の彼女は、この時点でまだ家族のことは口外しない、父の大企業での社会的地位を守らねばとしていました。

『ドイツでは男親が自分の娘を、普通の人が用いない言葉で、人前で平然と罵倒したり、辱《はずか》しめる行為を行なった場合は、その親が家庭内で、その子に熾烈な暴力を平然とふるっており、最悪の場合は性的に服従させているので、そんな危険性のある親は適切な管理下におかなければならないと、考えられていることを知りました。

誰か父の異常性について、少しでも気づいてくれる大人がいたら、私はこんな目に遭わずにすんだと思います』

渡独まで、彼女の苦しみがまだまだ続きます。

念書を書け

『高校生になって男女関係がどういうものかが、ぼんやり分かってきました。性交渉を持ったら子供ができることも、その頃ようやく分かってきました。父と母が性交したから、私が生まれたことも分かりました。

結婚した男女が性交をするのに、父のいう二百人の戦中の女性は、一体何であったのか？　性の奴隷、性的欲望の捌《は》け口のみ存在させられた女性、その人たちは一体、どんな集団であったのか？

三十年以上前の、その頃の私にはまだ分かりませんでした。

父の私に対する性虐待や暴言は、私を嫌いだからいっているのだと思いました。もし私がもっと美しく、学校の成績もよかったら、父は私を愛してくれたのではないかとも思いました。

二百人の女性は、父が私を痛みつけるために考えだした作り話かとも考えたりしました。

二百人もの女性がいたところは、事実あったのでしょうか？

天皇と日本国のために、大東亜共栄圏の樹立、アジア独立のために皇軍として自己犠牲のような戦争をしている日本軍が、か弱い女性を戦場に連れていくはずなどないのではと思ったりもしました。


女や子供を、そして国を護るために戦場に出向いていった日本男児なのに、銃弾が飛び交う戦地に、そんな二百人もの女性たちがいるはずがない。第一、清廉潔白な日本軍が、そんな汚《けが》らわしいことをするはずがない、と思いました。日本軍が性を満足させるため女性たちを使用するはずがあろうかと。性のためだけの女性なんて、日本の潔《きよ》いという思想とまったく相反することを、天皇直属の日本軍がするわけがない。


それでも父は二百人の女性にしてきたということを理由に、私の体の検査を続けました。

でも高校三年生時、防寒用のコートを欲した時、父は私に逃げられないようにと、次のことを強《し》い、やっぱり父は女たちをこのように管理したのかと目を覚まされました。

私は寒いからコートを買ってくれと父にいいましたら、父はすぐには買ってくれず、散々殴りつけました。わずか五千円で買えたのにです。

通学時にどうしても寒さに耐えられないので買ってくれと頼み、そのつど父は、あの二百人の慰安婦の話を持ちだしました。

「女は〇〇〇を丸出しで生活をするのだから、キサマに服は不要だ！」

といってお金をくれませんでした。毎晩そのことで暴力をふるわれ、殴られ、髪を摑んで引き回し、挙句の果てにようやく金は出してやるといいました。

「よし、キサマに金を出してやる！　その代わり証文、念書を書け！」

父に無理やり髪を摑まれ、机に向かわせられ、筆を握らされ、父のいう文面通りの念書を書かされました。

「念書　金五千円　借用の故、私に給料が入り次第、至急返済いたしますことを、ここに誓約いたします。　橋本淳子」

父はさらに書面に実印を押せと迫り、高校生で実印などないといったら、父は、

「キサマは馬鹿か！　実印だ！」

父の剣幕のわけが理解できませんでした。

父はその時、私に対する暴力をエスカレートさせました。

「キサマの証明が要るんだ。実印がないんなら、血判だ！　指を切れ！」

私の家には、連隊長の祖父の頃から、十数本以上の日本刀のコレクションがありました。

父は日本刀で指を切って、血判を押せと命じ、私は怒りを抑えることができませんでした。わずか五千円のために血判を強要するなど、馬鹿げていると思ったのです。

「お父さんは大会社のお偉いさんではなくて、ヤクザしているの？　お父さんはヤクザ？」

父はその言葉で血判を諦《あきら》め、乱暴に私の手の親指を朱肉に押しつけ、拇印を押させました。たった五千円で、これほどの侮りと暴力をなぜ受けなくてはいけないのでしょう。

「女たちはこうやって、貰うもんだ！　覚えておけ！　念書をきっちりとっておかないと、逃げられるんだ。戦争中の女なんかもそうだ！　念書をとっておいても逃げだす奴もいるからな。キサマは逃がさんぞ！　念書もあるからな」

逃がさぬために実の娘に念書や証文を書かせる父は、正気でないとその時、感じました』

集娼地区はあったか！

傾ぎに家の小龍《リトルドラゴン》として、傾ぎの国が生んだ歪んだ戦中の慰安婦管理を、まざまざと一枚のコートを求める娘に見せつけた父を、彼女は正気の沙汰と見ていなかったのです。

この便りに二百人の慰安婦が、実際いたところはあったのだろうか？　とあります。

日本には敗戦まで二百四、五十の師団、旅団が生みだされました。日支事変からその師団、旅団が作戦上集合する地帯には、漢口でも広東でも、上海その他の都市に、必ず「集娼策」がとられ、二百人を超す慰安婦のいるところも多かったのです。

第二次大戦のマニラ、シンガポールなどにも、それは見られました。

私は戦争による女性の性被害は侵攻地のものと考えていたのに、戦争中毒症としか思えない実父によって家庭内で慰安婦を強制されていた彼女の便りに接し、怒りに打ちのめされました。それだけに彼女の問いかけには、そのうちにこちらでも、知る限りの答えを出してあげねばと考えました。

橋本家のようなケースは、帰国各兵士の家に普遍的に起きたわけではないでしょう。いかに戦場で夜盗《やとう》働きを強いられ、虐待、殺戮《さつりく》、強姦をやりぬかされた兵士とて、平和な日常の帰還先では並の市民であったはずです。

彼女の祖父は連隊長だったといいますが、私はまだまだ彼女のことを知らねばならないと、またしても重い気持ちで彼女の便りに向かいました。

母の純潔

『母が父の愛人を発見した（私が）高一の頃から、母の行動は刑事事件に繋がりかねないほど、愛人に電話をかけたり、脅したりなので、父から母を監視してくれと頼まれ、私は学校を欠席する日が多くなりました。

母は「狡《ずる》い女」だと思いました。父の愛人が出現したというので、「私の純潔が汚された。夫を奪った淫乱女！」と髪を振り乱し、家事を放棄し、愛人への嫌がらせに夢中でした。

母が自分の純潔が汚されたといって狂いましたが、あの時の母は、母の夫たる父から私の純潔が汚され、ふるわれる暴力も、ただ漫然と傍観していたのでした。娘の私の心や体の痛みについては、何か感じていたのでしょうか？　母は己の純潔が大事で、娘はどうでもよかったのだろうかと。

そう考えると、私は気が狂いそうになるほど悲しかったのです。そして父の両親の世話、自分の不始末で混乱した妻の世話も、私に押しつけた父は最低の人間と感じました。

私の高校生活も惨めな状態で終わりました。小学五年から学校にまともに通ったことがなかったので、私はどうしても最終チャンスの大学にはいきたいと思いました。大学受験に失敗したことは悲しかったですが、こんな家庭では当然の結果とすぐ諦めました。

でも一年間勉強したら、どこかの大学に入れるだろうと浪人を決めました。先生に予備校を勧められても支払いを父がするどころか、また殴られる理由をつくってしまうので、自宅で受験勉強を始めました。私が一年間、家にいれば家事もできるし、母が一日も早く自分を取り戻せるよう見てあげられるし、父との間に正常な家庭を母が築けるよう手助けをしようと思いました。

浪人中は家にいたので、母が落ち込んだ時は、気を紛らわせて母を支え、父にも気を遣って我慢しました。
母をこの凄惨な家に一人残せないと思い、自宅通学のできるA大を選びました』

父の一打

『私は元来、詩や小説、戯曲などに興味があり、文学部を志望していました。将来的には漠然とですが、作家を目指していました。だが、入学試験直前、父に「オレが学費を払ってやるから、潰しのきく経済学部を受けろ」と突然、命じられました。

何とか経済学部に合格しても、希望は文学部でしたから気が進まなかったのですが、先生方に「問題は学部ではなく、どの大学にいっても、そこで懸命に勉強することが大切だ」と説かれました。

最後の学生生活のチャンスなので、他の学生のように通学し、勉強したいとそれだけを願っていました。父は私を馬鹿扱いにしていましたが、大学にも合格したし、少しは私のことを認めてくれたはずだと思いました。その時は入学金と前期の授業料も文句をいわずに払ってくれました。

しかし、信じられないことを父が私にしたのです。入学が決まった夜、父はいきなり私が額を盗んだと決めつけ、逆上してその額で私の頭を打ち砕いたのです。ガーンと頭に衝撃を受け、ガッシャーンと砕かれたガラスで、全身がガラスだらけにされてしまいました。

父は平然と私の頭を打ち砕くなり、ガラスを浴びて呆然と座っている私を残して無言で部屋を立ち去りました。

私はこの一打で大怪我をし、病院にいけば父の暴力が露呈して、私は父の暴力から解放される、そう思いました。そして私の傍《かたわ》らに立っていてすべてを目撃した母が、「私の娘に何てことをするの！」と叫んで、今度こそ父を殴りつけてくれると思ったのに、次の瞬間、私は絶望のどん底に突き落とされ、震えながら床に伏してしまいました。

母は私に酷いことをした父を咎《とが》めもしてくれなかったので、「お父さんが、私に何をしても、どんな目に遭わされても、どうして平気なの？」と怒って聞きました。

「お酒を飲んでいたから……、腹が立つことがあったのと違う？　あんたは怪我をしなかったし、お父さんを責めたら駄目よ」

父は私に何をしても本当に平気なのか、何をしてもよいと思っている娘に、なぜ高額な大学の授業料を払ってくれたのか、私にはさっぱり分かりません。

ガラスで頭を割った父、すべてを見ていながら父の暴力を黙認し受け入れる母、今想えばそんな親は親ではないと断言できます。

その後、母を通して父に私の頭をガラスで叩き割ったことを聞いても、父はまったく覚えていないといいました。人を傷つけても、酒に事寄せて責任逃れをした父でした。

「そんなことは覚えていない。何もやっていない。だからキサマに謝る必要はない。キサマ！　オレを愚弄する気か。盗人猛々《ぬすっとたけだけ》しいとはキサマのことだ！」と父は私の顔を殴り、私はそのことの追及をやめました』

俯き一家

父の性器検査は、彼女が嫁いで家を出るまで続けられていたのです。そのことを彼女の手記でもう少し追わねばなりません。

それというのは、戦中慰安婦の生殺与奪の権を得た男が、俯《うつむ》き一家をつくったその事実を見定めなくてはいけないと思ったからです。

「オレは戦後、B大を卒業した。キサマのA大とは格が違うんだ！」

彼女の父は、戦中は若手の下士官とはいえ、連隊長を父に持つ七光りで衛生将校として軍人共同体に幅を利《き》かせ、戦後には有名大学を出ると大企業の幹部として「愚民視思想」を抱いている人物に見えます。そして家は、嘘と矛盾での俯き一家をつくっているのです。


『私の大学生活も父の暴力によって壊されてしまいました。父はアメリカ出張で本場の英語が話せると自慢し、私に英文を読ませて「へたくそ」と罵《ののし》り、殴りました。

私は中学で発音記号を習う時に休学しており、発音が分からぬまま英文の意味が分かる程度でした。家庭の理由で勉強ができなかったのには、父にも責任があるはずなのに、勉強をするつもりで大学に入学したのに、なぜ父は私を潰しにかかるのか、悔しくてなりませんでした。

父の暴力は止まることを知らず、陰惨さも増してゆきました。夜、父が酒を飲む時に、私は父の横に正座を強いられ、父の淫猥で卑劣な戦中話を、延々と続く自慢話を聞くように命じられました。女性の体を抉《こ》じ開けた話、女性の性器の話や男女の性交渉の方法など、嫌らしく残忍な話ばかりなので、耳を覆ったこともあります。それで席でも立とうとすると、

「キサマ！　逃げる気か！」

と私の髪を摑んで殴られ、狂気の話を聞かなければならなかったのです』

着物と淫売

『さらに悲惨な出来事ばかりが待っていました。父と母の関係が悪化し、父は母と口を利かなくなりました。母は父に口を利いてもらうために、健気に無益とも思える努力を費やしました。母は父との会話に私のことを持ちだせば、父が母に対して話すことを利用したかったのです。

それが私に地獄をもたらす結果になったことを、母は見て見ぬふりをしました。

「お父さん、淳子に成人式のために着物を買ってやってください。淳子が欲しいといってますから……」

母は毎晩いうようになりました。私は着物なんて欲しくないのです。高校の時、コート一枚で念書だ、血判だと、そのうえ殴られてきたのに、案の定、私は父に呼ばれて、また殴られました。

「キサマにそんな金を出せない！　薄汚い淫売め！　キサマも着物を着て淫売をするのだろう！」

と私の顔を変形するほど殴りました。着物？　淫売？　私にはまったく分からないことでした。

父は、

「女は着物を着て、男が命令したらいつでも股を広げるんだ！　キサマもそうだろう！　着物を着てセックスをしたいのか！　低能な日本語も話せない馬鹿女どもが、着物を着て、オレが命令したらパッと股を開くんだ！　キサマもそうしたいのか！」

耳を覆いたくなるような残忍な言葉を繰り返し、毎晩それを聞かされ、それを理由に殴られたのです。

父は戦中、父のいった戦地には二百人の女性がいたといっていました。日本語も話せないという意味は、外国の女性を指すのでしょうか。

二百人の女性に無理やり体を抉じ開けたのか、性器検査をしたのか。それは何のために、父たちは一体、何をしたのか。父の戦争話はなぜ女の話だけなのか、女に暴力をふるう話ばかりです。

戦争にいくといって、本当は女の人を強姦していたのか？　外国人女性に着物を着せて集団で強姦したのか？

私は毎晩のように殴られ、気が狂いそうでした。そして就寝中でも無理やり寝床から引きずりだされ、屈辱の性器検査をされ、発狂しそうになりました』

お父さん！　止めて

『「キサマ、知らないのか！　女は二十四時間働かされ、男に命令されたら、夜中でもセックスに励むんだ！　女には寝ている暇《いとま》もないんだ！　キサマ、この家でのうのうと寝かさせてもらえると思ったら、大間違いだ！　キサマは裸で暮らせばいいんだ」

そういって殴りました。

「お父さん、止めて！　本当に気が狂ってしまう」

「ふん、オレは戦中に気が狂った女をゴマンと見てきたんだ。オレに逆らうと、キサマ、畳の上では死ねんぞ！　オレは偉いんだ！　逆らうと容赦しねえぞ！　分かったか」

父はどうして私を殴ったり、女は性のためにだけ生きている話などをするのか？　戦中になぜ性処理の女たちが戦場に存在したのか？　その当時の私にはさっぱり分からないことだらけでした。

私は悔しいけれど、大学を中退してもかまわないと思っていました。ですが一方で狂気のこの家で、自分の人生だから耐えて生きていくのだという自覚もありました。私は父の虐待に耐えたら、父はいつか自分の過《あやま》ちに気づいてくれると、忍耐を自分に課しました』

『父は私が何もいってない時でも、襲って拳をふりました。

「女は殴って扱うものだ！　女は殴ってもかまわない。どんなことをしてもかまわない！　オレは戦中そうやって女を扱ってきたんだ。キサマ、オレは女を逃がさないぞ！　逃げだそうたって無駄だ！」

私は父の狂気を散々、見てきたのです。

「お父さん、戦争は終わったし、その女の人たち、私には関係ないよ。だから検査を止めて、殴るのも止めて、お願い」

「キサマの眼が気に入らないんだ！　オレに逆らうと、どうなるか知らせてやる」

そう叫ぶと、父は散々殴りかかりました。「土下座して謝れ！」といい、私はなぜそうさせるのか、まったく理解できなかったのです。「もう許してください」と哀願するまで、手を緩めないので土下座をし、手を合わせ、「二度としません。だから許してください」といいました』

『私はその時、父は狂っていると感じました。その瞬間、父の背後に裸にされ、顔を歪めて泣いている大勢の女性たちの姿が見えました。父の背後に粗末な木造の建物が見えました。見えた気がしました。

私の背後からも、大勢の女性たちが泣いている気がしました。私が父を睨みつけたから、父が逆上したのか、父の暴力は私の眼に怯《おび》えているからか、戦中には女性たちを殴って性交を強制したのか。私の眼ではなく戦中のあの女性たちの目に怯えて、その恐怖心から私に暴力をふるうのか。戦中の女性に対する残忍な暴力は事実なのか。私にはまったく分からなかったのです。

しかし、二百人の女性たちを非人間的な性処理に使うなんて、不可能だと思いました。二百人の女性が集まったら、衛生将校の父がいくら刀や鉄砲を持っていたとしても、女たちが暴動を起こして逃げることだってできると、そう思いました。二百人もの女性がいた戦場を、そのうち伺いたいと思います。

それでも軍は一団となって女性たちの管理、監禁、強制強姦をしていたのか？　二百人を殴って強姦もし、性検査をした話など、捏造《ねつぞう》して愛情のない娘に暴力をふるったのだと思ったりしました』

放っておけ！

『私は殴打された翌日は大学も休むので、惨めな気持ちで楽しそうな学生たちの中に入る勇気もなく、二回生も終わりになろうとしていました。

私はその頃、父の暴力を避けようと、夜帰宅して仮眠をとり、夜中に起きて家事をすませてから勉強するようにしていました。

それは夜中にレポートを書いている時に起こりました。気分が悪くなりトイレにいって吐きました。嘔吐は三度続きました。炬燵《こたつ》に戻ってレポートを書こうとした途端、胃に激痛が走りました。それまで経験したことない激痛が私を襲いました。胃が締め上げられ、胃の内容物が腹の底から込み上げてくる感じがしました。

苦痛の呻《うめ》き声とともに嘔吐しました。戻しても戻しても胃から突き上げてくるのです。体が勝手に痙攣《けいれん》しているようでした。胃を揉み上げられ、嘔吐の汚物にまみれ、激痛のまま死ぬのかと思いました。口から液体が溢れ、唸り声が口から漏れました。

私の異常に気づいた母が、父の部屋から出てきました。母は私を見るや、慌てて父を起こしにいきました。

父が七転八倒の私を見て、

「何だ、こんなことか。こんなこと大したことじゃない！　吐いたら治るんだ！　戦中こんな女をゴマンと見た！　反吐《へど》吐いて、のた打ち回るんだ。放っておけ！　救急車なんか呼ぶ必要はないぞ！　こんなもの病気じゃない、痙攣は心配ない！　戦中はこんな女にモルヒネを打つと、鼾《いびき》をかいていぎたなく眠って治ったもんだ。放っておけ」

父は爪先で私を蹴りながらいったのです。父はすぐに寝室に戻り、母は私の汚物を始末して父の部屋に消えました。

痙攣と悪寒がその後も私を苦しめました。翌日は起き上がることもできませんでした。炬燵の中でボロ布のように眠りました。これ以上休むと単位を落としてしまうので、フラフラしながら登校しました』

『先生が顔色を見て、大学病院の医師が常駐している学生健康管理センターにいかせてくれました。医師はコンパで私がお酒を飲みすぎたのかと冗談をいいながら、体重計に乗せました。五十二キロあったのに、冬のコートを着て三十八・九キロのところで針が止まりました。

医師は体重に驚いたようでした。急に優しくなった医師は、いつから痩せたのか、どんなふうに胃痙攣が起きたのか、などを詳しく尋ねました。

「急いで、病院で検査を受けなさい」と紹介状をくれ、またくるようにいわれました。

父に「病院にいけ」といわれたと明かしたら、お金を投げ捨てるようにくれ、それで検査を受けましたところ、軽い胃潰瘍と十二指腸の炎症と診断され、その結果をセンターの医師に持っていきました。その医師は私に優しく、

「ああ、よかった！　こんなに急激に体重が減少するなんて、癌かと思っただけどね。ところで精神科医がいるんだ。一度会ってみない？　僕の知人で素敵な女性だよ。一度会ってみない」

私は裏で仕組まれた罠かなと思いながら、精神科という言葉に惹《ひ》かれ、受診することにしました。指定された時間に女医が私の精神鑑定を始めました。私に家庭、家族のこと、過去から現在までのことを細かく尋ね、これまでの私の生活を細かく分析し、私が矛盾なく話を再構築できるのを見ているようでした。

私は原因を分かっていました。希望を持って大学に入ったのに、私を踏みにじる父の暴力と性的な嫌がらせを連日連夜、受けている私は、夜もろくに寝られず破綻したことなのです。

私は女医の前で自分の家を粉飾して語りました。私は並の女の子の家とすり替えて話しました。女医さんがそれを分解し、バラバラに切断しても、私は矛盾が生じないように再生してみせ、完全に偽りの家庭を語りました。

私は狂った家庭で生活していたので、病気になったのだと認識をしました。原因が分かった以上、医師に相談することは何もないと思いました。

医師に相談したら、父の暴力を止めてくれるのでしょうか？　決してそのようなことは起きえないのに、私が泣いて喋《しゃべ》るようなことをしたら狂人にされるかもと、おもいっきり「虚飾の家」を語って逃げようと嘘を並べました。

女医は一通りの分析を終え、私が被験者から解放され、分析結果を聞くためにまた、センターの男性医師に戻されました』

医師の見解

『「橋本さん、あなた、一体、何があったのかなぁ？　あなた今、大変な状態なんだよ。治療が必要なくらい悪いんだ。そうしないと治らないよ。分かってるの？

あなたが若いから、癌だったら急変してしまうからね。でもそうじゃなかった。じゃぁ一瞬、あなたは自殺を謀《はか》ったのかと思った。あなたの世代では、ボーイフレンドができて妊娠したのに、相手に捨てられたり、そんな関係で悩む年頃だからね。そんな問題だったら男性の僕より、女性の方が気安いと思って、僕の女友達にきてもらったんだけど……」

私はその時、心の中であの女医さんは私を冷静に分析しただけだ、心無い人だと反論しました。

「それに変じゃない？　苦しかったでしょう？　七転八倒の胃痙攣を起こしているのに、家族が見ていたでしょうに。心配して病院にいく段取りとか、いってくれなかったの？　それとも死ぬつもりだったの？　変だよ。あなた、やりたいこと一杯あるのに、大学にも入ったのに。どうしてやる気のある子が、こんな病気になるの？

これはね、精神的ストレスからくる病気なんだ。でも普通なら、こんなに悪くなるまで放置はしない。あなた、自分が病気って知ってた？　もう随分《ずいぶん》悪いよ。栄養も摂《と》ってないし、それとも流行のダイエット？　それとも死ぬ気で毒を飲んだ？　自宅通学だったら、親が知っているでしょう？本当なら病院にいくのに、なぜ治療もできないここにきたの？　何か隠してない？　治療しないと治らないけど、悩みを解消しないと、これは治らない。原因が精神的なものだから！　あなた、一体何があったの？　僕に何ができる？　いってごらん、正直にいえるかな？」

若い男性医師の優しい言葉に体が震え、涙が零《こぼ》れそうになりましたが、必死に耐えました。この病気の原因が家庭にあると分かった以上、父親の性的な虐待、暴力、家庭の恥を、娘の私の口から漏らすわけにはいかないと気持ちを鎮め、嘘を貫く決心をしました。

「先生、私、最近ずっとアルバイトで無理をして、とっても忙しかったんです。病院にいく暇もなかったの」

と笑いながら答えると、

「橋本さん、本当なんだね。このままで大丈夫？　随分悪いと自覚をしなさい。それで治療を受けなさい」

私は「はーい」と笑って答え、部屋を出ました。扉を閉めた途端、涙がとめどなく溢れました。先生の優しさに取りすがって本当のことをいおう、いえば心が軽くなる。助けてもらおうと思いましたが、家の恥を口外してはならないという気持ちが勝ち、後を振り返らず帰りました』

モルヒネ

『胃痙攣の原因は、精神的な苦痛からと医師はいいました。私は父の暴力や性的な虐待で、気が狂いそうになるほど悩み、苦しんでいました。じゃあ父の見た胃痙攣の女性たちは、何に苦しんだのか、何に発狂するほど苦しんだのか、私には分かりませんでした。

でもこんなもの、放っておけば治る、といいました。父は、自分は軍医だ、衛生将校だったから、医学の知識があるから、私と同じように発作に見舞われても、モルヒネを打ったら鼾《いびき》をかいていぎたなく眠る、といいました。そして治ったら、以前と同じようにセックスができる、といいました。

「胃痙攣は仮病みたいなもので、モルヒネを打ったら何ともなくなる。病気のうちには入らない」

と語りました。

　モルヒネとは一体何か？

Morphine-$C_{17}H_{19}NO_3$、阿片、アルカロイド、優れた麻酔薬、鎮痛剤として重要、麻薬、麻痺、覚醒剤、モルヒネでは絶対に病気の治療はできない！

父にすると、胃痙攣に苦しむ女性たちを治療もせずに放置した。モルヒネを打って痛みと精神を麻痺させ、性の奴隷とした⁉

父は一体、戦争中に何をしたのか？

私は気が狂いそうでした。


　私が帰宅をすると、父は検査結果について尋ねました。

「ストレスが原因で、胃痙攣と胃炎ですって」

私は父をなじる眼で説明すると、父は私を嘲笑《あざわら》い、

「ふん、弱い奴だ！　精神が弛《たる》んでる！」

といい、私は腹を立てているのに言い返す気力もなかったのです。

しばらく体がフラフラで、大学を辞めようと真剣に考えましたが、中退するといえば父に殴られると思い、気力だけで苦境を脱しました。病院に通わず半年ほどで、何とか体力を回復させました。

その間、フラフラしている時でも、父は私の体を抉じ開けて検査をしたのです。でも余りにも衰

弱しているのが分かった時は、暴力をふるわなかったのに、回復しだすと再び直立させ、様々のことで文句をつけ、再び殴るようになりました。父はあの忌まわしい性器検査をまた始めたのです。

「キサマ、オレに逆らう気か、オレが検査をするんだ。見せろ！　キサマ、男と関係でもしたのか。でなかったら見せられるだろう！」

父は私を殴りました。

屈辱の生活が再び始まったのです』

歪んだ円環

後半に差し掛かった朝岡淳子の便りを、私は読むのが辛くなってきました。

連隊長（朝岡淳子の祖父）を父に持つ彼女の父は、踊らされた祖国愛者として、若くして衛生将校の任についたことから、歪んだ好みを身につけ、実の娘にまで苦い汁を飲まし続けているとしかいいようがありません。

従順な皇軍として軍の性管理に勤《いそ》しんだ彼は、きっと与えられたその仕事に熱意を持ったのでしょう。短気で狭小な視野で固執したその性管理は、ひとつの中毒症状を呈している感じなのです。

止めるべき行為を家に持ち込んだ父は、確かに劣性の持ち主に見えます。なのに、大企業では能力も意欲もある評価を得、戦中の残滓《ざんし》にこだわる危険分子を感じ取られていないふうです。

皇軍が用いた「国策売春」の宿痾《しゅくあ》と切っても切れない好みを、価値として娘にまみえる父親像を私は憎みます。

彼女の父など戦中にイザナギ、イザナミの国を生み神話を学んだ口です。兄弟婚の二人が国生みの親になる日本ですから、古代大王家の近親相姦のいろいろは文学にまで高められています。父親の彼女に対する積極的な性器検査は、衛生将校へと逃避し、本卦返《ほんけ》りをなしたといえます。私はこの父親の勤務地、祖父のことなどまだまだ知らなくてはいけないのです。読み手の私より、朝岡淳子自身の方がもっともっと辛いのだと、私は気を取り直して彼女の便りをまた読みだしました。

社会人となった彼女は本気で家出をすることを決意しました。大学に通っている四年間、密かに想いを寄せた男性もいたのに、狂気の我が家に引け目を感じ、その人に打ち明けることはなかったといいます。

夫に選んだ人は、入学以来彼女に恋をしてきた人で、結婚しようといってくれたので、そのまま家出をすることにしました。

その夜、父は例の検査をしました。「止めて」と抗《あらが》い、「キサマ、出ていけ！」といい、結婚するから出ていくといったら、その父が信じられない行動を見せたというのです。

「キサマ、男とやったのか！　セックスをしたのか！」

そう叫んで「淫売め！」「男好きの淫乱女め！　オレは許さん！　キサマのことを徹底的に潰してやる！」と喚き散らし、胸倉を摑んで散々殴り続け、母に命令して知人、親戚に娘の悪口を電話でかけまくりました。母は娘を侮辱する父を止めもせず、父の横で狂気の手先となっていたといいます。

彼女は正気でない二人の親を前に泣きながら、もはやこの家にこれ以上留まれば、父の暴力の捌《は》け口にされ、性奴隷として一生を闇の底に葬られると感じ、家出の心を強く固めてました。父は、

「おい！　ちょっと相談がある。オレの娘が結婚すると言い出した。アイツはちょっとセックスして気持ちよくなっちゃって、結婚するっていってよ。淫乱なんだよ。どうすればいいのかねぇ。アイツの見合いの相手を紹介してくれ。オレは困っているんだ」

彼女はその言葉に発狂しそうだったといいます。何軒も電話をかけた後でも、父の怒りは納まるどころか、例の殴りにかかり、彼女はこのままこの家に留まることは、父の暴力の餌食になるだけだと涙しました。どんなに父が結婚を壊しにかかっても、自分は橋本の家を、名を捨てようと、それまでのいじめを思い返しました。

海外で会えた韓国婦人

「なぜ私を変態というのだろう。その父だって私の体を滅茶苦茶にしたくせにと、私は父から変態行為を受けてきたから、誰とも関係を持ちたくなかったけど、家出をすれば父の名誉だって護れることになるんではないか。変態は、本当はあんたなのに、娘が淫乱で困るといえば、自分は家庭でのどんな悪行も隠せるから。嫌らしいことをしてきたことが、娘の所為《せい》にできる、バレずにすむかららか」

と彼女は血の涙を流すほど泣きもし、夜明けに少しの身の回りのものを手に家出をし、朝岡の許に落ちのびたのです。

父は朝岡家の両親まで娘の侮辱の言葉を届けましたので、夫の家族にも卑しい印象で迎えられました。

彼女は、それから三年目に夫の仕事の関係で渡独が決まりました。私は彼女のその便りでホッとしました。

『海外生活で初めて韓国や中国の人たちと話すことにも恵まれました。その方々には私たちが学習した歴史と異なったことを教わりました。

任那《みまな》の日本統治の事実はないこと、豊臣秀吉の半島での蛮行と略奪の事実、また日清戦争以降、日本軍が半島や大陸で行なった残忍な殺戮《さつりく》の事実などを聞かされました。

また出会った六十歳の韓国女性は、私が日本人と知ると態度を硬化させ、

「日本の男は皆スケベです。私は日本人が、だから憎い。女の子を皆連れていきました。女の子と見れば小さくても奪っていくのです。それでスケベなことに使うのです、私の住んでいたところからも、大勢連れていかれ、私はお母さんが顔に炭を塗ってくれ、屋根裏の藁の中に隠してくれたから助かったね。本当に怖かったですよ。

私の主人も日本に連れていかれ、酷い目に遭ったね。だから日本人嫌いです。でもね、私の子供や孫の時代は、いい日本人であってほしいね、そう思うのです」

「日本の男はスケベよ、大勢の女を連れ去った」

そのことは一体何を意味しているのでしょう。ひょっとしてそのことが、父のいう二百人の女性たちと結びつくのか、私はその時、山田さんの本を読んでいない時だけに、心底からの理解はできませんでした』

第二章——皇軍の兵

父を訴える

滞在地のドイツから手紙が届きました。

『私の虐待の原因は、父は才能豊かだったのに不本意に戦争に向けられ、貴重な青春を四、五年も無益に費やしたから、それが屈折して私への虐待となった。父は戦争の被害者だった』

一時《いっとき》はこう考えもしたようでした。

その彼女が帰国後、その父を訴えたのです。

『父は卑劣で、凶悪な加害者の一員です。父が私の体に加えた暴力、性的に服従させてきた理由、自分の残虐行為を秘すために、私に社会的権利を与えたがらなかったこと、私を人間として扱わず、暴力の捌け口、性の奴隷として扱ったこと、それはすべて戦中、日本軍が騙しや強制で集めた女たちに行なってきた性管理の暴力行為です。

常識では考えられない人間性の剥奪、人として生きる尊厳、女性の性への冒瀆《ぼうとく》です。日本軍の性を満足させるためだけに加えた暴力、性的虐待による人間性の破壊、社会的に抹殺したこと、すべて同じことを家庭内での娘である私に振り向けたのです。それらのことを山田さまの「慰安婦たちの太平洋戦争」から、じっくり汲み取り確信いたしたのです』
私はまだ彼女の戦中における父の勤務地も知らされてなく、そのことも知りたいと思いました。
百枚に及ぶ一便は三月二十七日発送で、次便は四月二十二日に届きました。

野獣の性と狂気

『輝いていたサクラの花も散り、野道にはピンク色のヤマツツジが彩りを添え、風薫る季節になりました……。

なぜに韓国人女性の衝撃的な告発以前に、山田さまはこれほどまでに機密で膨大な資料の発掘が可能であったのか。「慰安婦たちの太平洋戦争」三巻までを読み、たった一人で山田さまは、どのようにして、社会の誰一人として気づいていない軍が隠蔽し続けた闇に踏み込んで、事実を暴きだし得たのか、私にはそのことが大きな驚きであります。

山田さまは日本軍が明らかにないとしている事実と、虚偽の背後に潜めた野獣の性と狂気を、しかもどうして国策売春として洞察されたのであろうか。なぜ日本軍の性的異常性が見抜けたのか。私には父の性虐待を受けてもそこまで見抜けなかったのに、自力では何も解決できなかったのに、なぜ山田さまはそれが可能であったのか、あなたさまの本を読み、何度もそう思いました。

それは疑問を徹底して追及し、解明するという並の人は途中で放棄してしまうような遠大な過程を、黙々と努力され、天性の鋭い直感と膨大な知識、経験の蓄積によって隠蔽された事実解明をなさったのだと実感いたします。

軍を踏襲して、私を家庭慰安婦にした父を持った私が、為し得なかった事実の発掘を、たった一人で山田さまは過去からの事実を緻密に拾い集め、積み上げられた偉業に圧倒され、畏敬の念を感じました。

山田さまを心より尊敬いたしております。そして見ず知らずの私にまで優しい声をかけてくださる心遣いが嬉しく、光栄に思っております。

この頃は韓国慰安婦の方々の名乗りあげもあって、新聞、テレビでお姿を見るたび、私は手を合わせて祈っております。……この女性たちに人間としての名誉と尊厳を返してあげてと、そう祈るのです。名乗りでたことで、社会からの好奇と軽蔑の眼に曝されながらも、毅然と立っている勇気ある偉大な女性たちだと、私はそう思うのです。

私の父は加害者でありながら、その（実際にはどれくらいの期間であったのか推察できませんが）日本軍の狂気から脱却できなかったから、戦後、異常になってしまったのに、この女性たちは常識では考えられないような虐待と暴力を受け、体も人生も滅茶苦茶に壊されても、精神は破壊されなかった偉大な心の持ち主である、そう褒《ほ》めてあげてほしい、その勇気と強靭な精神力を讃えてほしい、そう思います』

『山田さまは多忙な執筆活動に加え、史実の発掘だけでなした、すでに闇に葬られた女性たちを、からゆきさんは島原弁天島の大師堂に、各国の戦中慰安婦さんは高野山女人堂にと、実際にご供養なさっていらっしゃいますことに心を打たれました。

山田さまの真実に対する熱意と信念によって、虫けらのように人生を踏みにじられ、不本意に命を絶たれた女性たちの魂に光を当て、彼女たちの生きた証《あかし》（実際に彼女たちはこの世に存在した）を明らかにすることが、彼女たちの無念で不本意な人生に対する真実の償いではないかと、山田さまの著作を拝読いたして感じました。

そして秘されている事実を社会に知らしめ、二度とこのようなことが起こらないように（事実、ボスニア・ヘルツェゴビナ、クロアチアの旧ユーゴスラビアの内戦では、敵対する異教徒たちの少女たちを従軍慰安婦のように扱った）、社会に警鐘を鳴らさなければならない、そう感じております。

山田さまの膨大で正確な資料に基づく著作が一人でも多くの方々に知られ、日本とは日本人とは何であったか、あの戦争は何であったのかと改めて考えてほしい、そして次代に繋げてほしい、そう感じます。

これからも益々のご活躍と健康を、それとご主人さまのご快復をお祈りいたしております』

狂人部隊の父

『自分の両親の世話も、妻や幼い私に押しつけ、戦中に経験した残虐な快感を満足させるため、戦後数十年経っていたにもかかわらず、娘の私を家庭慰安婦として虐待し、好奇心と猟奇心を満たしていた。自らの性欲求を満たすために、戦中の方法を真似た、それだけ酷い凄惨な性的陵辱を、かつて戦場でも、軍務だとして平然と行なっていたとしたら、それが皇軍というなら、日本軍は狂人部隊であったのでしょうか。
「閉鎖環境での家庭内暴力や狂気はばれない限り、存在しないに等しい」と後年、学びました
私が山田さまに恥を明らかにしたのは、私のように虐待されてもその事実すら認識されず、ダメージを負わされた人たちからは、事実を明らかにすることは不可能に近いことを、知っていただき

たいと願っているからです』

私はそのくだりで、私の故郷の小さな町でも、満州事変帰りの二人の兵士が、実の娘を犯していた事実を思い出していた。

一人の兵士は妻を亡くし、長女を妻にして町に住んでいたが、もう一人の兵士一家は町内一の高い山に籠《こも》り、開拓して暮らしていた。父親と実の娘の間に生まれた男児には、祖父を父、祖母をおばあちゃんと呼ばせて、山深いところで生計を立てていた。

二組の娘たちから転倒しを性の話は世間に語られてはいなかった。このことは朝岡淳子のいう通り、ダメージを負わされた人たちから事実を明らかにされないということは実存してあったのに。ひとつの町で二つぐらい戦場帰りの兵士に、秘匿される近親婚があるとしたら、あの戦争はたくさんの悲劇がいろんな家に持ち込まれていたに違いない。

私は彼女の祖父、父の勤務地の戦場など知りたかったのですが、父のことだけは中途立ち寄ったシンガポールまでしか記述されていないのは、なぜでしょう。

彼女の話は行きつ戻りつしますが、父から受けた性虐待では、今まで知らされてなかった幼時に、彼女の記憶が遡《さかのぼ》っていて、私をなおも驚かしました。それで第二便の方を紹介させていただきます。

父を許さない

『私自身、何ができるのか、何をしなければならないのか、いつも自問自答しています。夫は企業に勤め、二人の女の子にも恵まれ、平穏に暮らしています。もし私の過去の事実が回りの人たちに知れてしまいますと、夫や子供たちにも少なからず悪影響が出るのではないかと思うと、過去を隠蔽しておきたいくらいです。

ことに夫は、今はもう過去になった家庭のことを振り返らず、自分の妻として生活することだけを望んでおります。

しかし父たち日本軍から、私よりももっと残忍で畜生以下のことを強いられ、死んでいった膨大な女性たちを知った以上、彼女たちの存在を無関心な立場で傍観することはできません。

父の私への行為も許せていない私なのです。私に護るべき家族がなかったら、父の首に縄をかけてでも、慰安婦問題の公判に加害者の生き証人として引き立て証言させたい、そんな気持ちがあります。

父は私を性虐待する折、あれほど二百人の女性たちの股割りを自慢していたくせに、今ではそんなことは一切いっていないと主張するのみです。

父は救いようがない、だから地獄に堕ちればいいと。でも父たち日本軍の性的欲求、性的興奮と好色に利用され、地獄に堕とされた女性たちは、救ってあげたいと願います』

『父は三月八日以降、私とは今後一切の会話を断つといってきました。が、その父に服従を見せて接すると、父は尊大な態度でベラベラ喋りました。

父が私に対して話したことは以下の通りです。

祖父、橋本満、明治十六年～昭和三十七年、陸軍士官学校十六期生。卒業後、日露戦争（一九〇四～一九〇五年）に出撃する。日本海戦勝利の後、ロシアに大尉として派遣される。奉天占領後、奉天駐在、朝鮮半島にもいった。

〔私は幼い頃、祖父のアルバムにドイツ人の将校の写真や斬首された頭部が並べてあるモノクロ写真を見た記憶があります。三個の男性の頭部が、板の上に並べられている写真です。また四、五個の男性の頭部だけ杭に刺してある写真数枚も見ました。祖父の朝鮮出兵の戦利品として、急須などの陶磁器と床の間の板を持ち帰ったその後、九州、四国、大阪へと赴任しました〕

満州事変（一九三一年）、体調不良のため不参加。日中戦争（一九三七年、一九三八年）にS連隊司令部の大佐として指揮を執る。大東亜戦争（一九四一〜一九四五年）』

次に朝岡淳子の父の経歴は、昭和十八年、橋本旭は大阪××部隊に二等兵で入隊。その後すぐに伍長を飛ばして軍曹と、昇進は早かった。祖父が統括していたS連隊区司令部、中部隊はその後統括され××連隊となる。父が入隊した××部隊は、当時祖父橋本満が××連隊大佐として統率していた隊が、再編成された部隊のため、父の昇進が早かった。そのため甲種幹部候補生となる。大阪××部隊と静岡、福地山の三部隊が統合され、××の予備士官学校へいく。本来ならば予備士官学校は一年間の訓練期間であるが戦況の悪化のため、半年間のみで卒業となり、父は単位が取れず軍曹のまま戦場へいく。

大阪からマニラ丸でフィリピンに向かう。シンガポールの予備士官学校で見習士官となる。その後、第××航空軍隷下の特殊通信隊に配属され、見習士官のまま衛生将校になる。

右のことは私（著者）に父が電話でスラスラ答えたのです。ところが任地は申しませんでした。父の記憶はこんなに確かというのに、

「家庭内で娘を殴ったり、嫌らしい性的なことを喋った事実はまったくない。そんな卑猥なこと、オレは喋っていない。すべて淫乱なキサマの捏造だ！　キサマは狂っているぞ」

橋本旭はそういいました。

四歳からの忌まわしい記憶

私は彼女の次の便りの部分で、声をあげてしまいました。

『父に対する記憶は、私が四歳だった祖父の葬儀が終わった後から鮮明になります。葬儀が終わり、すべての人たちが帰り、祖父の棺が運び出された空っぽの部屋で、男は四歳の私の下着を脱がせ、「おしめを替えてやろう」といいながら太腿を摑み、強引に局部を広げようとしたので、その男の顔と顎を子供ながら蹴りつけました。その男は以前から私のおしめを替えてやるといって、性器を触る嫌らしい奴だと感じていましたが、それが誰だったのかは、幼児の知力では理解できなかったのでした。

祖父の葬儀後、しばらくしてその嫌らしい男が、私が「お父さん」と呼ばねばならない人間であったことが、ようやく私に理解できました。

どんな酷い男でも、私の父だから我慢しなくてはと、幼いながらにそう思っていました』

彼女が父より受けた性虐待は、十一歳より遡ってあったことに私はびっくりしました。

彼女の父の慰安婦管理の職務が、彼の悪性の元凶に思えるのです。この慰安婦は私が陸軍の典範を調べた限りでは、日露戦争中などに、兵站《へいたん》にまで規定されておらず、昭和十三年陸軍教育統監部の『戦時服務提要』の八章「人馬ノ衛生」四、防疫の2の項に盛り込まれたものであります。

「性病ニ関シテハ積極的予防法ヲ講ズルハ勿論、慰安婦ノ衛生施設ヲ完備スルト共ニ軍所定以外ノ売笑婦土民等トノ接触ハ厳ニ之ヲ根絶スルヲ要ス」

軍策案の慰安婦は、こうなると立派な国策売春であり、彼女の父など衛生将校は、この『戦時服務提要』を丸暗記させられた口なのです。初級将校に対して必要な指針とは、戦時はもっぱら戦闘を第一義とし、また戦時諸規則にて処理すべきことに慰安所対策が盛り込まれてあったのです。

したがって彼女の父など、女の股を開かすことに何の抵抗も感じない馴染《なじ》みとしての性癖で、身を染めていったのでしょう。

メッケルとドイツ兵站

それに祖父の写真帳に見られたドイツ人将校とは、ひょっとして日本陸軍の顧問であるドイツのメッケル少佐に当たるかもしれません。彼は祖国でできなかった理想を、日本の陸軍に持ち込んだ人物としたら、それまでのドイツにおける兵站での売淫はどうだったのでしょうか。

——第一次大戦では町に駐留する娼婦に兵士は性病を移された（一九一五年、ドイツ医学週刊誌二四号）。

——一九一九年よりドイツの慰安所が西部に誕生した。兵站慰安所は人数も揃えられ、兵士、下士官、将校用と分けて用いた。

——ゲントの慰安所はエンデル街の数個の家で、ドイツ兵が長い列をつくって立っており、日増しに列が伸びるので民家の顰蹙《ひんしゅく》を買い、牧師や兵監部の攻撃にて、ついに目隠しの板仕切りを施した。

——ドイツ占領のベルギー、フランスなどの大きな町には階級による慰安所ができ、将校用には

「犬と兵卒は入るべからず」の文句が人目を引いた。

ドイツP所の規則は、

「娼婦二マルク（二五〇フラン）

娼家の内儀に一マルク（一二五フラン）

将校用四マルク（五〇〇フラン）

P屋の内儀に二マルク（二五〇フラン）」

とあり、日本軍も表向きは楼主経営など、ドイツを踏襲した感じがするのです。

兵士たちは慰安所入りの前に衛生下士官に、性器を見せ、下士官は性病の有無を調べ、予防策として避妊具をくれるのも、日本軍と同じでした。

将校は検査がなく、そのため衛戍《えいじゅ》病院は将校患者が多かったといわれています。

性病にペニシリンの特効薬はアメリカの開発が早く、ドイツも日本の大東亜戦争も、兵士の塗り薬はワセリンなど似たようなもので、ドイツでは交接後の放尿、次にプロタルゴールの注射をしたといわれます。慰安所開所は午後四時から夜九時まで、慰安婦の平均客数は一日三十九名、最低は六名でした。

ドイツ軍は慰安所の管理には手を触れずとしながら、抱えている女性の束縛に規定を設けたり、軍事警察の許可つきでの外出とか、その後の日本もそっくり相似した経営をなしたといえます。

彼女の祖父がS連隊司令官時代に『戦時服務要諦』が発表され、初級将校の重要な暗記物とされていましたから、彼女の父など他の下士官より早くに入手した可能性があったはずです。

私は彼女の父が、第××航空軍下として、任地を彼女に聞かせていないことは、調べられないためなのかもしれないと感じ取りました。

再び、ここで彼女の便りに戻ってみます。

祖母と父

『父の実母橋本信子（明治二十七年~昭和五十年）は、私の母に対して威張っていました。私が母の拠り所でした。祖母は九州の女学校出を自慢し、無学な母は、学業期が戦争で小学校すらろくに通えなかったので、祖母と父は一緒になって母を馬鹿にしていました。その祖母は私が知る頃には、半身不随で片腕は固まって動かず、足も不自由なのに気に入らないことがあると、杖で母や私を殴りつけました。祖母は何をしてあげても、「ありがとう」を口にしない人でした。

父は両親から溺愛されて育った気がします。それというのは家で父が、

「オレは戦争にいって国を護ったんだ！　オレは苦労したんだ」

そういうと、祖母は「おぉ、可哀そうに……」と、涙をよく流しました。父の口癖はもうひとつあります。

「おれは苦学してB大を出たんだ！　爺さん、婆さんを養いながら、だからオレは偉いんだ」

父は家では特に母と私を殴りつけるのを、祖母はその暴君ぶりを黙認するだけでした』

『山田さまは「慰安婦たちの太平洋戦争」で、娼婦、慰安婦、遣手婆、占領軍のパンパンと渡世した城田すず子さんと会えた時、彼女に「娼婦盆栽」を感じたといいますが、いつも父に潰され、芽を摘《つ》まれる私は、醜い父の盆栽にされたわけです。

そして私は自分を卑しめて生きてきました。

数年前、第二子が誕生時、産後に卵巣の病気で苦しんだ折、寝ている私の頭上に泣き喚く女たちが浮かんで現われました。数え切れない兵士たちに体を滅茶苦茶にされた女たち、子さえ産めなかったと泣く女性、男を愛し、子を産みたかった、人を愛したいと泣く女たちでした。

私はその女性たちに何をすればいいのか、ずっと考えてきました。

私は自分を卑しめて生きています。この自分を山田さまに曝《さら》けだす、世の人に知っていただくことこそ、五十数年前にかつて私のように卑しめられた実存した人々の宿怨を晴らすことになると思っています』

『山田さま、お願いです。女性たちの無念には被害者の証言だけでなく、加害者側の真実を、その一人として家庭慰安婦の私を生んだ、私の父のような男性たちを世に知らせてください。

できるなら私は、今すぐにでもかつての日本の侵攻地を訪ね、屈辱の女性たちの名誉を回復したい。そんなことは不可能なのに、そんな想いに突かれる私です。女性たちには日本が国家として謝らねば意味がない、そう思います。

盆栽だった私自身が見た、裸で泣いていた女性たち、私が聞いた慟哭《どうこく》、それは幻でも空耳でもなく、存在した女性たちの叫びと、そう思います。

無力な私は悔しいけど、何もできません。どうか山田さまの著作に繋がる活動で、一人でも多く人々の目を醒まさせ、あの女性たちの名誉回復に繋げてくださることをお願いいたします。

ことに私は世間に顔を出すことができない身です。私の無念の想いを世に伝えてください。私と同じ苦しみを味わった女性たちのために、そう願っております』

氷結の空の下で

悲嘆の長い長い便りを閉じ、私は彼女をまたしても、抱きしめてあげたい衝動にかられました。

氷結の空の下にあった彼女に、これから私は何を、どうしてあげたらいいのだろう。

その折に、彼女からまた部厚い便りが届きました。

私は彼女が滞独中に、どのようにこの問題から起き上がれたのか知りたかった、それなのかと想いましたら、「父を訴える」短文と、「娘へ」の父の手記の写しでした。その争いは、私に第一便を届けた春になされたものでした。

父親の答えは娘の意図を完全にはぐらかしたものであり、七十枚に及ぶのですが、その中には彼が衛生将校だった任地のことなどを披瀝して、紹介しています。


『私はあなたがこれまで、私に対して不当になされたことに、あなたが私に対して一度も謝罪されなかったので、私はここであなたに公然と立ち向かうことを、書面をもって宣言いたします。

あなたが家庭内で行なってこられました暴力、そして性的な侮辱、性的な行為はすべて犯罪的行為でした。

家庭内であなたを制止する正常な判断能力を持つ人間が、あなたの家庭に存在しなかったので、あなたの犯罪的行為が今日まで明らかにされなかったのだと考えられます。

家庭内での暴力や性的な侮辱を、あなたは平然と私に対して行なってきました。あなたは自分の淫猥で卑劣な行為を正当化するために、

「オレは戦争中、二百人の女の○○○（性器）を割ってきたんだ！　キサマも戦争中なら、こうな

るんだ！」

と私に性的行為を強要しました。私が拒否すると、あなたは暴力をふるい、私に強要しました。これは明らかに犯罪行為でした。

あなたが家庭内で行なった犯罪行為を正常化するために用いた言動は、あなた自身が直接行なった（軍部からの命令、もしくはあなた自身の意志によって）、第二次世界大戦中の従軍慰安婦（と称される女性たち）に、継続的に行なってきた女性の尊厳を徹底的に破壊する行為によることは明らかであります。

第二次世界大戦中、日本軍が行なった極悪非道な行為、人間として、男として最低の愚劣な行為を、あなたは家庭内で、自分の娘である私に戦時中と同じことを行ないました。女性を人間として認めず、日本軍人の性欲を満たすために使用した。使用するためにいかなる非人間的、非人道的ともいわれる手段でも、平然と施行した。これは今日、戦後五十年という長い年月を経て、ようやく明らかにされてきた事実でもあります。

それまでそれらの女性たちは、自らの肉体と精神に受けた非人間的な性的破壊行為により、自らの被害を発言したり、あなたのように公然と暴力を行なわせた国を、そして個人を糾弾できなかったのですが、五十年という闇から声を上げだしたのです。

被害者が黙っていれば、あなた方の犯した罪は公にならず、安穏と平穏な生活が過ごせたかもしれません。だから日本政府も、今日まで従軍慰安婦の存在すら認めようとしなかったのかもしれません。

しかし今日、あなた方の戦時中の蛮行、性的異常性が明らかになった以上、あなたは人間として自らの過ちを償う時がきたことを、認識していただきたいと考えております。

あなたが私に対する心身的、性的な暴力と侮辱を正当化するために使用した言動は、あなたがこの期に及んで（私があなたのこれまでの言動を非難した時、あなたは「オレはそんなことといってないし、した覚えもない」と、否定されましたが）、あなた自身の暴力的、性的破壊行為を、全面的に否定し続けることは、あなた自身の無責任さを露呈することだと思われます。

あなたが家庭で私に行なった暴力、性的行為を私に対して心から謝罪してください。またあなたが大戦中に従軍慰安婦に対して行なったことを、一人の人間として謝罪してください。

あなたが家庭で実娘の私に対して行なったことは、大戦中の女性たちに行なった破壊行為に基づくことは、あなた自身が語ってきたことで、事実であることは明らかです。

あなたは人間として謝罪してください。

私はあなたが謝罪しなければ、公然と戦う決意でおります。

本日は私の人権を護るため、匿名の書面として発送します（あなたはこれまで自己正当化されてきたのに、それによって私のみ社会の非難を受けるのは不当と考えたからです）』

彼女は父に出した便りに、追伸として説明を付けて私に送ってきました。

従軍慰安婦支援者から見た父

『夫には父と対峙することにしたので、初めて父から性虐待を受けた事実を明かしました。夫はそれを知らされても、これまで同様に私に接してくれています。

三月八日に父、支援団体のHさん、Tさんと、東京のあるホテルで三時間、懇談してもらいました。

私が出席すると父が感情的になるといわれ、結果だけを伺いました。

案の定、父は「従軍慰安婦についてはまったく知らない、見ていない」といったといい、Hさんたちはそのことで、

「戦時下、平然と行なわれていた行為は、今になって非難されだしており、自らそのことの誤りを認めるとか、謝罪をする人など存在しないから、父の言動は当然の結果である」

と判断をくれました。なお、

「父自身、戦中、軍組織の中で高位ではなかった。人に命ずるほどの権限を持っていなかった。家庭内での言動は偉大に見せる虚栄心からの言葉でなかったか。取るに足りない人だから残忍で、性的なこと喋っても、何の良心の呵責《かしゃく》も感じることのできない人ではなかったか。だから娘が父に謝罪や正常な親子関係を望んでも、不可能だから父のことは諦めなさい」

といわれました。

あの戦中は、父の異常、狂気がまかり通る世界だったと、出席者の二人は申しました。兵士たちの戦友会はそれぞれの武勇伝の自慢もできるが、父は駐屯地での戦闘がなかったから、父の唯一の自慢が慰安婦への暴力であり、それを家に持ち込んだのでないか。人としての価値がない父なのだから、謝罪に答える人間性も、責任感も持っていないのだといわれました。

橋本旭は私の父ですが、父らしい思い出も愛情も、親子の関係もなかったので、父を父として今後とも認めなくて、それでいいのではないかといわれました。

私は父がいまさら慰安婦を見ていない、行なっていないと繰り返し弁明したところで、あれほど私に性的暴力を繰り返しながら彼女たちを喋り、拒む私を殴り慣れてきた父は、国の策案とばかり

に力で女性たちの管理に当たった人だと確信しています。

でなかったら、私にとって長期間にわたる狂気、凄惨な暴力は一体、何であったのでしょう』

父の手記

二月二十日付で記された橋本旭の娘に対する手記は、言い訳と逃げで綴られています。その中の軍歴で、私はかねがね彼の任地を知りたかったので、そこを書き添えます。

「暴力については娘を平手で打っただけで、性的犯罪は起こしていない。軍人の家で育ち、スパルタ教育を受けた自分。また稽古事や技術の修練では、体罰は当然ように常態に行なわれてきた。ゆえに私がした程度のスパルタ教育など、暴力、犯罪にはならない。

私は妻からも、この教育では反対を聞いていなかった。私は母からも誰からも、暴力の警告は受けていない。

私はアメリカに数年いましたが、スパルタ教育が行なわれていたことを見ています。

次に私が平素、娘に性的行為をしたというのですが、そんなことを私の妻が黙って見過ごしたでしょうか。本当なら私は痴漢として刑場か精神病院に送られていたはずです。『二百人の性器を割った』と、私が吐き散らしたといいますが、ここを読んで私は唖然としました（彼は先述の通り、会話では従軍慰安婦を見ていないと発言している）。

Ｐ（スマトラ）での従軍慰安婦の話は、あなたたちにしました？　どう考えてもいった覚えのない事柄や、絶対にするはずのない行為をしたというのは、ことについてはもはや話し合うとか、返事を書く気力さえなく、これが娘かと悲しくなります」

「以下に述べるのは従軍慰安婦に関しては、背景の事実や事情について、あなたたちに初めて明かすものがあるかもしれません。

旧制高校に進学し、昭和十八年十二月の最初の学徒動員で陸軍に入隊、予備士官学校在学中の昭和十九年九月に、動員下令で南方に出陣しました。

当時すでに日本軍は制海権、制空権とも完全に喪失していましたから、ノロノロジグザグ航海する輸送船団は敵潜水艦の魚雷と飛行機の爆撃、機銃掃射の恰好の餌食となって、海底の藻屑となって消えたものが多く、運よく目的地に辿り着ける確率は五割を割っておりました。

私たちの部隊はM丸という一万トン級の船でした。船倉を養蚕の棚のように人間が横に這《は》えるだけのスペースに仕切り、何と六千人の兵員が詰め込まれたのです。

私はその中の二百人部隊の一員でした。そして詰め込まれて三か月かけて、やっと目的地のシンガポールに到着しましたが、その間の言語に絶する辛酸についても書きましょう」

赤痢の断食療法

「空襲、魚雷攻撃をうまくかわしての航海中、赤痢が猖獗《しょうけつ》し、寄港先の陸軍病院に収容され、発病まもない患者だけは生還し、航海中水に葬された者も多いのです。戦中にはまだ抗生物質なる薬もなかったのです。……

私は旧制高校在学の昭和十七年五月から十八年三月まで、父母の反対を押し切り休学しました。それはいずれ戦場へ駆り出される、その時、軍人の息子として立派な死に方をしたいための修養と、曹洞宗の禅寺などの門を叩きました。また、死ぬ前に読んでおきたい英文学の原書もありました。

その時、西式療法の専門道場に入門できた私は、断食療法の修業をしました。

その頃、ニューギニアやガダルカナルは補給を断たれ、多数の餓死者が続出し、退却しました。断食が荒治療でも、赤痢、腸チフスを治療できることを知りました。もっとも患者の強靭な意志力が必要です。

輸送船団に話を戻しますと、赤痢患者が各部隊から発生しました。高熱を出し、酷い下痢ですので、この病と分かります。感染するので隔離したくても場所もなく、便所の近くに集め呻吟《しんぎん》するのです。下痢は一日に何十回となり、血便となって急速に体力を落とし、ズボンを脱ぐ力もなく垂れ流しとなり、動けなくなってしまいます。

悪臭と甲板の血便に、そこには近づく者もいません。患者の粥食を運ぶ者もジャンケンで負けた者が、棒の先に飯盒を吊り下げ、彼らの目につくところに置いて、逃げ帰る有り様です。

私の部隊には一人の衛生下士官がいただけで、他の部隊には軍医も衛生兵もいましたが、軍医は一切手出しをしなかったのです。

……地獄の患者甲板に、我が分隊からさらに一名が患者として加わりました。私はその患者の背を見、決意をし、彼らの面倒を見ることにしたのです。免疫体でもない私を、衛生兵は無謀だと止めましたが、私は西式の断食療法を説明しました。

仮に私が感染したら、直ちに西式の断食に入ること、三週間の断食中、消耗し錯乱したら処置を頼むと、私は以来四十名の赤痢患者の面倒を見ることにしたのです。

私は患者たちに西式の断食をせよといっても、できないことは分かっていますからいわず、極力、食事量を減らし、下痢の回数を減らすようにしました」

マニラの教会で

「船団はフィリピンのマニラに到る間、多数の僚船が撃沈され、やっとマニラに入港しましたが、船団の編成ができず、後続の生き残り船団を待たねばなりません。その間の上陸について司令部で、――貴官はマニラ陸軍病院と連絡を取り、上陸にはマニラ市マヨン街のサンタ・テレサ教会を占領、患者を全員収容せよ――

の指示を受け、二名の軍医の配属も受けました。私の階級は軍曹（下士官）でしたが、軍医は私の指揮下に組まれたのです。私は古参将校の中尉になれる「衛生将校」の資格を与えられたのです。私は牧師に会い、教会の一部を無償貸与の交渉を成立させ、お礼は食糧の現地支給ということにし、患者を収容できたのです。

私の交渉時の英語はコンサイスを隠し持ってきたことと、ボストン生まれのマッキンタイアという日本医の奥さんから、英語の個人レッスンを受けたことが助けとなりました。

マニラは内地と等しく架空の戦果で惨敗は秘されていましたが、市内の飢えた惨状は酷いものでした。それにクラーク飛行場は、連日の猛爆に日本の空軍は壊滅的な打撃を受け、港湾は船の墓場に化していったのです。

次に衛生将校について記しておきます。

軍医は医者です。病気だ、怪我だと申し出た将兵の身体を、診断して病名をつけ、療養方法を指示し、薬を与えたり手術をするのが任務です。娑婆では仮病で仕事をサボったり、会社も休めますが、軍隊でも明日出陣となると、数多くの将兵が医務室になだれ込みます。前夜にジャガイモの新芽をかじったり、猛烈な下痢をして、あるいは多量の醤油を飲んで立てなくなり、医務室に担ぎ込まれる者などが多数出てくるのです。

明らかに仮病と分かれば別ですが、軍医を騙《だま》せる兵がいれば、生死を賭して戦う兵士の士気に関わりますし、それでは戦争に勝てません。

そこで戦闘前の戦術会議には、軍医の代わりに衛生将校が出席します。戦場への徴発《ちょうはつ》では衛生将校が軍医の診断に立ち会い、変更させることもできます。衛生将校にはそんな権限が与えられています。

教会の一部を借り、アタップの上に患者を寝かせました。マニラ陸軍病院から防疫用の消毒液も十分供給されましたが、医薬品は貰《もら》えなかったのです。したがって、軍医にも投薬ができなかったのです。

戦場で実施を始めた西式断食療法は、引き続き行ないました。中には食い物をまったく受け付けなくなり、重病人が増えてきましたので、かなりの食糧を教会に差し上げました。教会内の貧民に牧師が分配しましたので、凄まじい争奪も見ました」

教会の抗日女子大生

「教会の中で牧師の助手をしている容貌も体軀も貧相でしたが、スペイン系の女性がいて、私が差し出す食糧は貧民に施しても、二人は食べることをせず、二人は食糧をどんなルートで入手するのか不思議でした。牧師と違い彼女は私を無視しました。ケルン大学の医学生で教会に奉仕をしていたのです。

私は機会を見て、彼女に日本がアジアの盟主として欧米の列強を追い払い、アジアの独立を早め、八紘一宇の理想の実現をするため苦闘していること、比島の人々にひもじい思いをさせているけど辛抱してくれと話しました。

するとと彼女は、

『日本軍の占領政策がいかに酷いか、無慈悲であるかを非難した上、日本の神は荒唐無稽で信ずるに足りない。それに引き換えキリストの教えは……』

滔々と話す英語は実に立派で説得力もあり、やはり一流大学の中でもよくできた女性だと思いました。

情勢が情勢だけに、私は反論もできず惨めな想いで聞きました。

彼女は明後日の夜、ここでまた話を続けましょうと、名前と住所を伝えて立ち去りました。握手された時、私の若い血がたぎりました。

私は彼女が差し出す食糧に手をつけないことからして、多分、米軍のスパイか、そのルートに繋がるのかと思いを巡らせました」

深夜の脱出

「その夜、司令部から命令が届きました。

『○月○○日午前零時、隠密極秘裡に教会を撤収《てっしゅう》し、午前一時二十分〝○○丸〟に乗船せよ。病人収容のため、トラック二台を午後十一時三十分に差し向ける』

というものです。

朝に食糧を同じように彼女に差し出し、彼女に『明日の晩ね』と眼で合図され、私もそれに応え、心で許してと謝りました。

撤収は成功し、翌朝午前一時二十分に乗船、直ちに暗闇の中を出港しました。出港はわざと北西を指して針路をくらましました。船団の最後尾の乗船者はレイテを指し、その七日後にレイテには米軍が上陸しました。

私たちを乗せた船団は、その後ボルネオのミリーに一時停泊し、日本を出港して三か月目にやっとシンガポールに着いたのです」


「シンガポールのセンガワンにある予備士官学校で私は、第××航空軍隷下の特殊通信隊に配属になりました。十名の入隊者は英語に強い者だけ選ばれました。

その頃、慰安婦のいるところへは、見習士官の出入りが許されませんでした。下界と遮断されていたということは電信、電話、無線の傍受、盗聴、暗号解読、電話探知機による敵機移動隊の探知などの任務だったし、夜の任務は見習士官でこなしていたからです。

パレンバンでの終戦までのたったひとつの楽しみは、偕行社の集会所で飲んだり食べたりだけで、女性たちと言葉を交わす機会もなく過ごしたのです。

赴任して二、三か月後、部隊長から呼ばれ、士官のままで『衛生将校』を命ぜられました。破格のこの待遇は、戦場で患者をみた考課調書によったものでした」

パレンバンにて拝命の衛生将校

「パレンバンには油田と大きな精油所があり、緒戦で陸軍の落下傘部隊が降下し、無血占領をした有名なところです。この精油所を守備するため、高射砲部隊をはじめ、機械科部隊、砲兵や歩兵など大部隊が集結していました。

戦地でも、それまでは守備でしたが、敗勢の中での不意打ちを考え、兵士の休日は週七日を等分に分けて許可になりました。つまり駐留軍全体が七分の一ずつ毎日外出させたということです。外出して多く往くところは慰安所でしたから、彼らは長い列をつくって順番のくるのを待っていました。

どこの国の軍隊でも、この方面の処理をする独自の方式があるようでした。

私は今、ここでその方式の是非や比較をするつもりはありません。そこで問題があったとしても、日本の国が採用して方式に文句や条件をつける権限など、一見習士官にあるはずもなく、私は日本の方式の中で私に課せられた任務の遂行と最善を尽くせばよいのであって、私はそうしようとしました。

この場合、私の果たすべき任務は兵士たちが性病に罹《かか》らぬよう指導することでした」

「私が命ぜられた『衛生将校』は部隊長に対して、軍医や衛生兵を督励して部隊から一人の性病患者も出さないようにする責務を負わされていいます。

といっても各部隊とも、それぞれ努力はしても何割かの性病患者の発生もあって、これを零割にすることはできなかったものでした。なのに衛生将校は、零割を目指しての努力を強いられました。

私も努力をし、毎朝準備を整え、当日外出の兵士にコンドーム、星秘膏の所持を確かめ、衛生兵に使用法を教えさせ、特に自覚を促す訓示に力を入れたものです」

第××陸軍病院

「……終戦二か月前だったと記憶しています。司令部からの命令でパレンバン第××陸軍病院に出頭を命ぜられました。そこには二十人からの衛生将校が、集合命令を受けて集まった時のことです。見習士官での衛生将校は私一人でした。当日の慰安婦の定期検診で、一列に並んだ大勢の慰安婦たちがゴム手袋に大きなマスクをつけた軍医の前で、次々と検診を受ける様子を見ました（この辺りの話を、あなたたちにしたことは間違いありません）。

衛生将校が病院に集められた目的は、慰安婦の検診を見学させるのが目的ではなく、その後、別室で過去の検診結果の推移と、現状の問題点及びその結果についての指示を受けさせるためでした。受けた指示の内容は日本固有の淋病、梅毒、軟（硬）性下疳《げかん》などは何とかなるが、第三種性病（南方特有の性病）に感染すると、不治でその対策がなく、結局コンドームと星秘膏の徹底という指示の繰り返しに終わったのです」

「私が家族と話したのは、前述の病院で一瞥した軍医の検診の有り様でした。ベールをかけずに見たままを話したつもりです。

常識で考えても、またいくら曲解や悪意の拡大解釈をしても、あなたが手紙の中で述べている愚行というか、犯罪行為というか、そんなことしようにも誰もできませんし、またするはずもないことではないでしょうか。

私に対する糾弾は確か一九九二年、再渡独した十月頃でしたか。長文の独語と英語で始まり、もはや十年近くなります。

私が大企業の支店長時代、湯殿に繋がった洗面場で、私は一時、西洋剃刀に凝り、革のベルトで刃先を研《と》いだりして、床屋気分で髭を剃っていました。

あなたはガラッと戸を開け、素っ裸になって湯殿に入っていくのを、鏡に向かって髭を剃りながら見ました。あぁ、大人になったなーくらいは感じても、それ以上、娘に何を感じるというのでしょう。

父親は娘の肢体に百パーセントとまではいえませんが、性欲は起こしません。それが普通であり、あなたが書面に書いたようなことは、父である私がするはずがありません。

あなたは私が家で行なった性的侮辱について、私を制止する正常な能力の人が存在しなかったと述べていますが、あなたには母とも話し合えないのですか。

私が謝ってすむのであれば、私の不徳を深く恥じ、謝ることによって終結できればと思います。段々とエスカレートする形で、恥を世間に曝《さら》すことは愚かだと思うのですが……」

許された狂気

彼女の父は従軍慰安婦の支援者たちとの会談で、慰安婦は見ていない、知らないと言い通した報告を彼女から受けてあったから、この父の手記にはそれが出ているので私は混乱を覚え、彼女に電話を入れました。

「あの時は完全に逃げたつもりだったのでしょう。でも隠し通せないとあって文中に、以下述べる慰安婦に関しては、背景の事実や事情について、あなたたちに初めて明かすものがあるかもしれませんと、一部分を語りだしたのでしょう」

「家で行なった性的虐待について、制止する正常な能力の人がいたでしょうか。母親とかに話したらどうと、お父さんはあなたに促しているわね。夫のすることを黙認し続けたお母さんに話しても、埒《らち》があかないわけでしょう」

「慰安婦たちにだって、下士官での衛生将校とあって、他の仲間への気遣いやらストレスで、女性たちには余計に権威を発散した感じがするわ」

「何かのショックで動転した時、すぐに軍隊の慰安婦所組織を蘇《よみが》えらせたとしか考えられないわ」

家で起きた性的虐待という人間関係の歪みや軋みを、父親はその何千倍かの許された国策売春の管理者として、お国事情にもあったことじゃないかと、自分を得心させたと思うのです。

「普段でも、やたら家父長権を撒《ま》き散らしていた父でした」

「だから造作なく軍権時代の残忍さをたぎらせ、あなたの性器検査をし、娘を慰安婦に貶《おとし》め、安穏を保とうとしたんじゃない。でもお父さんは、家族に起きた不祥事にかつての国家がなした傾斜圧をはめるあたり、多分に戦争中毒患者なんだわ」

一般の家庭では起き得ないことが、かつて衛生将校として君臨時のことが、彼の中にくぐもってあったといえるのです。

「父は私の性器検査の折、今思うと性的欲求を満たしていたと考えられます」

私はその言葉に驚いて口を噤《つぐ》みました。

「任地の女の人格なんか必要じゃなかった想いのくせを、優越感の興奮を私への加虐にすり替えた人です」

彼女は父に対して、死ぬまであの時代のことを問い詰める心で生きるのだと、私に伝えたのです。当時の職権に隠れた性の欲望を満たした父を、娘がどうして受け、許せるというのでしょう。

橋本旭はかつての職務柄、膨大な女たちに呪われたとしかいいようのない一家の悲劇に、私は電話口でため息を漏らしました。いずれにしても戦争による狂気が持ち込まれたことによって、娘の朝岡淳子は、死んでも癒えない深い傷を負わされたといえるでしょう。

彼女にもその自覚はありました。

「犯しといういかがわしさは、国家が公然と許したものでしょう。なのに、今となって国家にとって不利と盛んに隠し立てを始めました。強制がないなどとも言い立てています。我が家の強姦については、父は国の節目でのまとめを、迷わずなぞったと信じます」

彼女は父の性虐待を、この筋論によりかかったものを疑っていません。

国生みの神話に近親姦をひとつの豊饒と伝えてきた日本では、西洋の否定と違い、とにかく娘には威嚇《いかく》的和合の形に調《ととの》えようと父は考えたのでしょうか。

彼女への報告

「お父さんの手記にあったパレンバン第××陸軍病院はね、院長があの地区で二番目に偉い階級でね。看護婦の大半以上を強姦した大佐だったの」

「えっ、そのこと、教えてください」

私は彼女の知りたがっているスマトラの慰安婦では、次のように話しました。

スマトラの侵攻に当たって『スカルノ自伝』では、「日本はファシスト、だがオランダは帝国主義の終わりなのだと見抜いて、束の間の協力を日本にすることとし、日本軍の提案を飲んだ」としている。そのことは緒戦の頃、二十五軍指揮官藤山大佐は、「女と米」をまず要求したのです。

スカルノは、スマトラ島パダン市で百二十人の女たちを牧師と相談ずくで集め、高塀をめぐらした建物ごと、女たちを引き渡しました。また、オランダ語を話せる女も憲兵が狩りだし、慰安婦にしました。

北スマトラ侵攻軍は近衛第五、第十八、第五十六各師団でしたが、すでに前から陸、海は軍偵を放って準備をしていました。

その頃はまだ空軍力もあり、シンガポール攻略に成功し、パレンバンの石油資源も破壊前に占領しており、落下傘の降下は昭和十七年二月十四日でした。

石油は開戦前の予想より、五倍がらみの収穫量を見込めたのですが、彼（橋本旭）が動員となった頃は、敗勢の中で日本への搬出など、うまくいかなかったことは明白なのです。

パレンバンでは、すでに侵攻時からオーストラリアの看護婦を、慰安婦に堕とそうとしていたのです。

シンガポール出港のヴァイーブルック号が日本機の空爆で投げだされ、助かった看護婦らは、バンカ島で飢餓の一か月を強いられ、三月二日にスマトラのパレンバンにと向けられています。元オランダ人の家が並んでいるそこに移されましたが、クラブ施設に転用されるのが分かったのは、その周りの六棟も日本人向けの慰安所であったからです。

日本側は七、八人の女を所望し、「要求に応えずば、飢餓を承知せよ」と迫り、オーストリア女性は「自分たちの仕事は看護婦」といなし、一人の看護婦は面談時に、日本軍の文書に軍用慰安婦の必要を見ていました。

彼女たちは飢えを厭《いと》わないと慰安婦を拒み、オランダの医師を通じパレンバンの日本人州長官に動いてもらい、慰安婦からの脱出に成功しました。六十四人中、五十二名がこの災難を撥《は》ね退《の》けたのです（平成四年七月二十三日・朝日新聞夕刊）。

この一件はメルボルン大学の田中利章氏が、オーストラリア国立公文書館より資料を手繰《たぐ》り寄せたものです。後日、田中教授の便りでパレンバンのオランダ人居住区は、ブギットバザールということでした。

一九九七年、彼女を同道したパレンバンでこの地帯のことは、いまだにあることを彼女との旅で、ジャピンドの方に伺えたのですが、案内は拒まれました。

パレンバン第九陸軍病院の強姦事件

パレンバンでは、第九陸軍病院長の陸軍A大佐が起こした看護婦総勢の強姦騒ぎが、鎮まっていない時でした。

シンガポール攻略に参加しました六十八兵站病院は三千人の部隊であり、そこからパレンバン第九と第十はスマトラのメダン市に進出しました。メダンはスマトラ一の都市で、明治にからゆきが大勢渡世をした地であり、その娼戸は太子街にありました。

パレンバン第九陸軍病院の部隊長は四十七歳、身長百七十二センチ、体重七十五キロの大柄なA大佐でした。彼はシンガポールから赴任の折、すでに船中で看護婦を手籠《てご》めにし、パレンバンに赴任すると、石づくりの元オランダ人宿舎には二、三か月交替で看護婦を手許に呼んで強姦をしました。

仮に看護婦が断わったり、衛生兵と親しく話でもしようものなら、看護婦の役職を剝奪し放逐しました。追い出された看護婦の中には、慰安婦に堕ちた者も出ました。

A大佐は、さらに病院の敷地内に強姦用の特別室を設《しつら》えたのです。二重に赤黒幕を張った暗室にベッドを運び込ませたのは、昭和十七年十一月からであり、その間のA大佐は慰安所と現地女性にも通っていました。

A大佐はそれらの淫楽で二種類の性病を患い、治療は自分でなし、汚れ物は当番兵に始末させていました。

病院部隊のものは、おれのものと豪語するA大佐は、「上官の命は天皇の命と思え」と威張り、衛生隊員と口を利く看護婦を前線送りとすることを止めなかったのです。

彼は副官に命じ、看護婦の生理日一覧表を出させました。病気で休む看護婦には、この時とばかりに襲ったりしました。

四十二名の看護婦のうち野沢久子と、かつて兵站の経理を担当していた古屋五郎とが敢然と闘い通したのです。

「公務のほか、どんな命令にも服さない」ことを二人はA大佐に告げたところ、A大佐は怒り狂いました。

院内の男たちは事なかれ主義者で、「第九病院の歴史に汚点をつけるのは思いとどまってくれ」

と古屋に諭したが、「病院の歴史はとうに泥まみれ」と、彼は怒鳴り返しました。

古屋はA大佐が人と国を欺いていることについて、

「統帥権を嵩《かさ》に看護婦を強姦する、そのようなことが許されると思うか。ことに女は弱い。いったんお手つきにされれば秘密を守ってもらうため、その後も意に従う。今にして思えば病院の命令、施策、勤務交替、昇進、ことごとく強姦に関わっている。戦線と銃後を裏切るA大佐は人間か。切腹ができぬなら方法がありますぞ。私はこけおどしはやらぬ。古屋も死にます」

と、A大佐を震えあがらせたのでした。A大佐は十八年末にテレクペトン分院開設のための出張を口実に逃げたのでした。

その一件にプギチンギにある二十五軍司令部から軍医少将がお出ましとなり、もみ消しを計ったものの、一件は軍法会議に持ち込まれたのです。

ちょうど朝岡淳子の父がパレンバン目指す頃には、古屋と野沢久子は二十五軍拘禁所に入れられている時です。

古屋はその後、A大佐の強姦の酷い事実を告発して満場を粛然とさせ、A大佐は「戦地強姦同未遂」で懲役三年、軍医の資格を剝奪され、内地の刑務所送りとなりました。

だが、犯されたはずの看護婦たちは、野沢久子の証言に手を貸すものは上からの圧力で消え去ったのです。

かつ古屋には「二十五軍の恥をよくも全軍に知らせたな。キサマ、建軍の本義を心得ているか。四十八人、五十人の女の命が何だ。くたばっていいのだぞ」

この言葉は、軍法会議で某参謀が罵声を上げたものです（『昭和史追跡』新名文雄）。

パレンバン防衛隊

彼女の父が衛生将校を下命されましたパレンバンには六棟の慰安所、二百名の慰安婦がいただけかと思っていましたが、後述しますが彼女との取材旅行で知ったのは、この数字の三倍余だったことが分かりました。

ちなみにパレンバン第三航空軍とは独立第百六、百七、百八、百九の第五十五航空団のほかにパレンバン防衛隊司令部があり、そこには高射砲第百一連隊、高射砲第百二連隊、高射砲第百三連隊、機関砲百一大隊、パレンバン警備隊、パレンバン防衛通信隊、電信第一連隊、二十五軍憲兵隊、南方第九陸軍病院などなどがあり、兵士四十人に一人の慰安婦の状況からしますと、取材で分かった六百人の慰安婦の数字が正しいようです。

かつてパレンバン衛生将校の父にしますと、A大佐の性風俗が幅をきかすような地で、占領地の現地女性を易々と慰安所に叩き込むことなど、平気だったと感じます。

彼女は私のこの便りに、「いかにも父をつくったパレンバン性地帯らしい」と、驚きの電話をくれました。

家庭における彼女の父は、天皇イズムに沿う衛生将校そのままでありました。

NGO東京地雷会議で、地雷被害が毎月二千人に達しているというのに、反面日本の自衛隊は百万個対人地雷を備蓄し、新年度予算案は、その地雷調達費七億円が計上されています（一九九七年三月十六日、朝日新聞）。

このような国では、戦争の幻想は彼などの消しきれないものがありましょう。

インドネシアの慰安婦問題では、同日の産経新聞では、「板垣正自民氏が昨年インドネシア二万人の元慰安婦登録あり、インドネシア政府はこの一件について、日本との話は民間の運動に関与せず」の決着を表明、また三月六日の産経新聞は、インドネシア元慰安婦支援事業実施覚書に、女性のためのアジア平和基金（原文、近衛理事長）とインドネシア社会省は、二十五日同国の元慰安婦を支援する事業覚書に調印、社会省は国内五十五か所の高齢福祉施設の各事業に、十年間で三億八千万円の支援を記事にしています。

戦中の性暴力をまともに家に持ち込んだ彼女の父を見る時、古い体質の家と父権制時代の男性像が浮かび上がりますが、彼はそのうちの畜生の道に嵌《はま》り、彼女の母をも狂わせてしまいました。激しい戦闘のあったウェーキ島の攻略時には、四十人の兵士が狂人になったとされていますが、それは彼などと較べ、心優しさゆえの狂兵かと思われてならないのです。

心固い国策信奉者の、彼のような狂人は困りものですが、狂人を生んだ国の風儀があり、家庭において加害者の彼も、実のところ被害者であるともいえる気がしてなりません。

私は朝岡淳子の性虐待を知らされ、彼女の父を知った時、前述しましたがすでに日支事変において、作家の火野葦平の慨嘆《がいたん》が思われてならなかったのです。

「兵は戦争から喜ばしくない影響を受けている。生死を賭けるという土壇場などは、心弱い人間がどうして、平時の神経を持することができよう。

極端にいえば我が兵隊は、言語を絶する衝動を受けて神経に異常をきたし、頭の調子が狂ってしまってると称して差し支えない……今戦地の兵が一斉に帰還したら、いったい国内はどうであろうか……私には一種の胸の痛くなる深憂ですらある……限りなく兵について杞憂する」（昭和十四年八月十五日『戦友を想う』）

戦中において火野も、書く文は規制下にあり、現象の底にあるものへの見透かしは許されていなかったのに、この文を残したことは立派でした。

彼女の家のことは、日本の家庭でも稀な事件とはいえ、猟奇的な分析でだけ見る人があったら、それは間違っているといえます。

戦中の性暴力を家庭に持ち込んだ彼の存在は、過去の日本の歩みから知らなければなりませんし、また慰安婦問題は女性の人権の立場からしても、きっちり教育に取り入れるべきではないでしょうか。

第三章——無念の涙

過去の重さ

人は過去の重さからなかなか逃げおおせないものなのに、被害者朝岡淳子は、長年月の傷みを乗り越え、冒頭に記したように、自分の立場から慰安婦への心映えが示せるまで傷心、慟哭、凝視、昇華という茨の階段を登りつめる姿は感動的であります。

ドイツ滞在中にボランティア活動を通じて、自分を見直してくれもし、起き上がれたそのことも、私は知りたいのです。

彼女を想うと、私は放っておけない気がして、たえず連絡をして話し合いました。

電話での彼女はよく泣くことがありました。過去の拭いきれないおぞましさは生涯、彼女から身離れできないのでしょう。

彼女は父母と断絶して二十余年になります。並の母子なら哀しいにつけ、不安につけ母の胸を借りられます。

彼女には今呼べる母が、たとえ存命していてもなかったのでした。素封家の親元から父に嫁いだ母は、娘の身を護るより、彼女の父の言動に随《したが》わせられていました。

「私には呼べる母はおりません。私の自由を奪ったのは父、そして母でありました。私はどうして、こうされねばならなかったのでしょう」

現在の彼女の母は茫々とした人となり、父から「禁治産」の宣言下にあるという。母とて人であったと思うのです。

一人娘に起きた忌まわしいことを護ってやれないほど、夫の重圧下にあったとすれば、他にも諸々の鬱積が高じて、自ら茫々の道を選ぶことだって考えられるからです。

でも背骨が折れそうなほど家の仕事もし、くたくたで寝につく日々に父の性虐待が彼女を恐怖に落としました。そして彼女自身その頃は家の恥として、他者に語れない地獄にあったのです。

私は彼女から電話をいただくたびに、闇に塗りつぶされた世界を持つ彼女が、哀れでなりませんでした。

彼女の家には、戦中の狂気を当然なものとする父、その父の持つ「物差し」は娘に威圧的といえました。

少女は父の翳《かざ》す「物差し」に抗《あらが》い毀《こぼ》つ力を持っていませんでした。

その頃、強制連行の事実がなかったとする「自由主義史観」の面々が声を挙げていました。私は痛ましい彼女のためにも、彼女の願いがなくてももう一度、慰安婦問題に立ち向かわねばと意を強くしました。

私をその気にさせた彼女の便りはこうなのです。

立ち向かわねば

『私は家庭では短気で怒りっぽい母親をしています。自分を内省しますと、親となってしまった自分が腹立たしく感じます。この立場から逃げだしたい。そのことは将来自分の負った罪を子供たちが知り、それが原因で人生のチャンスを失うことになるとしたら、すべてを放棄して逃げだしたくなります。でも、逃げたら不幸を重ねるだけかとも思って踏み止まっています。

自分自身あの父とあの母から生まれたこと、幼い頃から聞かされてきた、あの女性に対する虐待、性的な陵辱、女性の性、性器に対する異常で執拗なまでの執着、女性の人生、性、人間として生きること、性から生を産むこと、女性が母として子を産む女性が人間として普通に生きることさえ占領地では、もちろん許さず、性の奴隷とのみ使用したこと、使いものにならない女性を捨てた、性病に罹《かか》った女性を捨てた、性的異常になって狂った女性がパレンバンに大勢いた。女性はそれでお終《しま》い。そう聞いて育ちました。

今の父は、自分はそんなことを一切いわなかったといって、私を狂人扱いにしています。でも私は毎日、聞いていました。しかし実際、戦場に女性がいたとは信じられませんでした。父がそんなことしたとは、信じたくなかったので信じませんでした。

でも無念のうちに殺され、自殺をし、不名誉な性病に罹り命を断たれた人々は、ろくな治療もされなかった。陵辱され、侮辱され、切り裂かれ、汚されたのは日本軍によってなのに……。汚され侮辱されて死んでいった女性たちが実存していたのだと思います。

父が女は馬鹿だ、女はそうなると、いつもいっていたのは、パレンバンの慰安婦に対する体験からでしょうか。

すべてを奪われて死んでいった女性たちを想うと、彼女たちの無念の叫びが聞こえている気がします』

『このことは前にも少し触れたかもしれませんが、私が父に打ちのめされ時、そして泣いた時、父が私を性的異常者と触れ回った時、私は私と一緒に泣く女性の存在を感じました。それが誰なのかいつも不思議でした。

今、私が幸せそうに見えること、健康な子宝にも恵まれていること、すべてを奪われて死んでいった女性たちは、私を呪っても、私の子供には呪いをかけないでと祈っています。

私自身が、彼女たちは今、何を願っているのかと思い巡らせますと、ただ理由も理解できず、苦しかった、悲しかったと想う気を感じます。しかしもっと大人だった女性たちからは、性から生を産む、人を愛して子を産む重み、人生と結婚の意味を知る女性たちの叫びが聞こえます。私はここにいた！　私を葬らないで！　と聞こえます。

でも私に何ができるのと尋ねると、私がここにいたことを明らかにして、解き放ってくれるよう願っていることを感じます。

彼女たちが実存し、無念な人生を送った。もし暴力がなければ、彼女たちには普通の幸せな人生があったことを、山田さまに証明していただきたいのです。

そうすれば彼女たちの魂が二度と悲惨な犠牲を生まないように、力を貸してくれる気がするのです。

彼女たちは一体、誰なのか、伝わってくる感じは空想なのか、私には分かりません。でも私が泣いた時、私は従軍慰安婦の存在を十一歳の頃は知らなかったのに、彼女たちの泣く声を聞いています。

今、私が感じる女性の気持ちは、呪われた父の所業を考えましても、幻ではないと思います。私が生きていくことを彼女たちは許してくれるのでしょうか。彼女たちは日本を、そして父のような存在を許せなかったから、私にこの地獄をくれた気もいたします。とにもかくにも私は父の戦場の場に立ってみたい。そこである答えが見えるのではないかと、思わされております。

父の私への性虐待は強制でありました。ただいま強制はなかったと言い立てる学者も多いのですが、父のいう二百人の女性たちは、強制なくして集められたとは考えられません。

どうか父のいたスマトラを含め、インドネシア地区に、山田さまからそのことについてのお話を聞かせていただけたらと望んでいます。

しかも山田さま「慰安婦たちの太平洋戦争」の一巻目の表紙は、裏にパレンバンの朝鮮慰安婦が、ラバウル行きの兵士を見送っている写真がついていました。

それに前便で触れましたが、滞独中から付き合いのありました韓国人一家と、この先も親交を重ねるつもりです。その家のおばあちゃんに罪科を聞かされました。戦中に韓国女性をそれほど占領地に運んだものでしょうか。どうか知っておられることをかいつまんででもお伝えください。韓国人一家と先々、いい交際を続けるためにも、苦虐の私は良友に恵まれませんので、山田さまの今後の知らせに取りすがらせていただきます』

私は彼女の便りを手に、せめて彼女が綴って送ってくれた分量の、せめて三分の一なりとも務めて答えを出さねばと、それ以来しばしば机に向かって書き出さねばなりませんでした。

彼女は父の性暴力から、パレンバンのスマトラ島外のインドネシア各地に強制連行のあったことを感づいていました。

そのことでは私はとうに、十巻を越える慰安婦関係の著書にも記してきましたから、まだ物していない「強制より上手の女強奪」を、インドネシア篇に限って短く知らせることにしました。

またこの後、彼女と連れ立っていくインドネシアへの旅で、このことを倍加させる事実にも行き会える気がします。

サパルァ島での女強奪

私の知人に慰安婦の強奪と闘った加藤亨一牧師がいます。もはや故人となられましたが、彼は著者のいたインドネシアのセレベス島（十六軍区）の布教で渡海しました。

日本はアジア侵略に合わせたかのように、メッカでハジの称号をとらせたイスラム徒のハジ・オマイファイサル小林を、司令部のあるマカッサル（現ウンジュパンダン）に呼んでいましたし、一方では街の郊外のスングミナハサには神社建設を始めていて、大鳥居と賽銭箱が赫土の平地に立っていました。キリストの布教では賀川豊彦の派であられた加藤亨一牧師が選ばれてきたのです。

彼は現人神《あらひとがみ》にされた天皇を真、善、美としての権威に祭り上げた賀川の信仰を、どのように咀嚼《そしやく》していたのかは、その時はまだ少女の私には見えませんでしたが、彼は少佐待遇でマカッサルの司令部を訪ねています。

私はその近くのホートローテルダム域の研究室にいました。市中央区はドイツ系の立派な教会がありましたが、加藤氏はアンボンに近いサパルァ島へ布教に向かったのです。

この島の乙女強奪は敗戦の年に起きましたが、いまだに囁《ささや》かれているのです。

モルッカ諸島のアンボンを十六軍が占拠したのは、昭和十七年一月三十一日でした。海軍第二次「兵備機密」によりますと、十七年五月でアンボンへの海軍用慰安婦の特配は未定でした。アンボンはニューギニア方面への根拠地でしたから、第二十五特別根拠隊第二、第七、第二十一、第二十六の四警備隊がおりました。

『SAPIO』一九九六年十二月二十五日号で小林よしのり氏は、インドネシアの日本兵は二万人と発表しましたが、小さなアンボン島でさえ二万弱の在島兵がいたのです。

アンボンにもそのうち慰安所が数か所ほど開所したのですが、ガダルカナルの撤退とサイパン玉砕で日・鮮慰安婦は十九年三月に帰国しました。もちろん海没組も多くありました。

その後セレベス民政部からアンボン特警に、著者の知人である禾《のぎ》が転任し、彼にもたらされた最初の命は、

「ジャワ苦力《クーリー》は殺せ」

という先任参謀からの無残な言葉でした。補給を断たれた島が食糧難にあえぎだしました。

自虐の歴史と抗議を受けたそうですが、アジア解放を唱えた日本軍の姿のひとつがこうなのでした。インドネシアD・Nアイデットが「兵神」を集めた「労務報国会」は、日本の名称を日本名でつけました。二百万余のインドネシア人が労務者にされ、国外にて死んだとしています。あの戦争でアジア独立国が輩出したとすれば、アジアにとってあの戦争は救世主という論者は多いのですが、一概にいえないものと考えます。

アンボンに近いサパルァ島で、牧師は配給品を工夫して、五人テーブルを開放し、島民五名が昼の食事につけるようにしたのです。牧師は重い栄養失調に見舞われても、この善行を続けました。

連合軍がニューギニア、そしてフィリピンへと軍を進めだした昭和二十年に入って、慰安所用の女性強奪の件を決めたのが東大出の大島副官であり、特警であり、憲兵分隊、セラム新聞社など、加藤牧師の猛反対にもかかわらず、女狩りの矛先がサパルァ島に向けられました。

軍人に狩りこまれて波止場に引き立てられた女性たちのことを、島民に知らされて駆けつけた牧師は、

「娘たちを強奪するなら、このワシを殺してからにせい！」

と軍人に迫り、その島の女たちは解放されたのですが、しかし、その島の周りの小島から十人ほどの女たちが強奪され、アンボンのビクトリア兵舎の元オランダ士官の三戸の家が、慰安所として開所されてしまいました。

私はこの事実を禾氏に、そして加藤氏、重ねて今井氏によって直に知らされたのです。

セレベス島の性事情

セレベス島の性事情はこうであります。高官用慰安所「大川」は東京・茅場町の古い料亭「其角」の分れで、太った女主人大川はなの名で呼ばれていました。海軍「兵備機密」一三七号、十七年五月十日発布に「東京K隊十人」が、この大川慰安所のことです。

「大川」は日本郵船の艦長塩原の推挙で、農場主と雇員、麴、酒職人二十人、大工二十人ほか取り持ち役五、六名などを木更津から特要機二機で運び出し、海軍でいう「純特要員」の芸者慰安婦たちは、神戸から浅間丸に乗船し、その時、マカッサル研究所の著者も一緒だったのです。

「大川」のほかに第一、第二に慰安所があり、作家戸川氏は第三、第四、第五の慰安所も知ってお

られました。だがそれら日・朝鮮人慰安婦のことは、民政部の発表から消されており、島内の現地慰安婦二百二十一名、慰安諸施設二十六か所のみ公開されました。

　これら現地女性の調達には強制、騙し、強奪はあり得たとしかいえないのです。


　軍と民政部側、は「カンピリ収容所」の女性捕虜たちを慰安婦にしようと画策したのです。所長の山地正にこの一件を強要したところ、山地は敢然と立ち上がって戦いだしました。

　カンピリの女性たちは十一か国もの構成で千人余もあり、民政部側はその中から「百五十人差し出すように」と出ました。

「マカッサル（現ウンジュパンダン）には、陸軍部隊の増強やら、進出商社の増員で慰安婦が足りない。内地から招くには途中の海上が危ぶまれる。慰安婦の取り合いで喧嘩も起きる始末だから、士気の上から、また現地女の風紀問題からも、ここカンピリ抑留女性を差し出してくれ」

　現地女性はとうに二百二十一名も利用しているくせに、それにチンタ（愛人）を現地妻にしているにしている者も大勢いるくせに、と山地は何としてもカンピリの女性を護りたかったのです。

　民政部は長官の許可まで取りつけ、

「七日間で百五十人を出すこと。もちろん抑留女の経歴と身分を重んじ、高官用慰安婦として使用する」

　山地にはそれまで女性の環境づくりに、幾多の苦難を乗り越えていたのです。

「戦争終了の時、抑留女を慰安婦にしたことが知れたら、日本民族の恥だ」

「戦時国際法の精神を踏みにじるな」

「カンピリ抑留女は海軍の誇りなのだ。陸軍を含めての日本人の欲望で、決して女たちを犠牲にできない」

山地はこれらの論理で、

「命がけで具申します。女たちは慰安婦に出せません」

と民政部長官を訪ねました。

「何か対策を研究しよう。だが今の慰安所では、女が一晩に十人も十五人も乗せるんでは、じき、駄目になる」

その頃、もともと既往症のなかった朝鮮人慰安婦たちが、性病で苦しんでいるのを第一陸軍病院の看護婦たちが見ていました。

山地は業を煮やして、森川大佐などはスラバヤ第二南遣船隊と、許可を取ろうとジヤクを目指しました。

第二南遣船隊では論争がなされ、柴田弥一郎司令官は、

「抑留女を慰安婦にすることは、彼女たちの自由意志ではないのだし、それに希望者も出まい。カンピリは海軍の誇る一つの業績として、俘虜情報局の小田島陸軍大佐も感服しとるんだ。ましてや戦局の逼迫《ひっぱく》している今日、慰安婦の使用は許せない。もし本案を強行したら、抑留者の秩序は保てない。パレパレの男子抑留者でも一波瀾起きるだろう。戦後の平和会議で、世界に自慢できる抑留所が一つくらいあってていいではないか」

この意見に森川大佐は敗北し、山地はカンピリの女たちを性囚にしないですんだのでした。

戦後それぞれの国に戻った女たちは、カンピリ会を開き、山地との友好を保ちました。

十一か国の抑留婦人から敬意を寄せられた山地でしたが、著者が一九八九年に多摩川べりで山地家を訪問しますと、交通事故で鬼籍に入っておられたのです。

スマラン慰安婦事件

カンピリ収容所の女たちを慰安婦にと、山地と民政部から話の出た昭和十九年二月の、その一か月前のことでした。

同十六軍のバタビア（現ジャカルタ）司令官の指揮下にあった、南方軍幹部候補生（幹候生）隊が問題を起こしました。スマラン州長官から慰安所設置を促された幹候生隊長は、十六軍司令官原田熊吉中将に、抑留所の女を慰安婦にしたいと許可を申し出ました。

直ちに幹候生隊は同年二月半ばから担当将校、警察、慰安所経営者が、三つの抑留所の女狩りをしたのです。スマランはジャワ島の首都ジャッカルとバリ島寄りのスラバヤとの中間にある都市です。

女狩りはスモウオノ、バンコク、ランベルサの三つの抑留所が激しい抵抗をみせたことから、次の市内ハルマヘラ抑留所、アンバラ第六、第九各抑留所、ゲダンガン抑留所が目標とされ、中にはゲダンガンなど前者と同じく激しい抵抗をみせたのですが、売春婦とうわさの十数人を加え、計三十五人を拉致《らち》し、三月一日から「将校クラブ」「スマランクラブ」「日の丸クラブ」「双葉荘」の四慰安所にと入れました。

拉致に当たった幹部候補生隊は「将校クラブ」を専用としたのです。

日本軍のアンバラ抑留所に入れられたジャンヌは不潔な抑留所で重労働、暴力、飢えに見舞われました。

「十七歳以上の独身女性は整列しろ」

という日本軍の命令があり、中から十六名が引き抜かれ、トラックに乗せられました。スマランで七名が降ろされ、一人ずつ部屋に入れられました。この七名は「将校クラブ」の女たちで、残りは三つの慰安所に配られました。

彼女たちはタバコ工場の仕事とか、事務員、看護婦と嘘を聞かされていたのです。慰安所が開所された夜、多くの将校がきました。恐怖で震える少女たちは泣き叫んで抵抗しました。怒った軍人は力で脅し、ジャンヌを丸裸にしました。

「男は重い体で覆いかぶさり、私を押さえつけました。必死で抵抗し、蹴ったり、引っかいたりしても相手は強過ぎます。レイプされる私の眼からとめどなく涙が流れました。……やっと男が出ていく時、私は震えていました。浴室に走りこみますと、他の少女たちも、皆ショックで泣いていましたが、どうしてよいか分からず、お互いに慰め合うだけでした。そして今起きたことを洗い落とすかのように、ごしごし体を洗いました」

七名の少女たちはキリストの信仰で励まし合い、十字架像を身につけていることから、幹候生の将校たちに「十字架の少女」と呼ばれていました。

彼女たちは性病検査にくる軍医からも強姦されました。接収したオランダ人屋敷で「パパさん」と呼ばれる業者が切符場に座り、遣り手が彼女たちの管理をしました。将校たちは写真で女を選びました。切符は一時間半、二時間、終夜券とありましたが、彼女たちはお金を受け取った証言をしていません。

部屋にはアジアの各慰安所と同じく、過マンガン酸カリの赤っぽい水を入れたビデが置かれ、女は交接後に洗浄をさせられました。日曜日は一般兵用の別棟に連行され、大勢との交接を強いられました。

逃げだすにも張り番兵士がいてできず、普段逃亡すれば憲兵に捕まるなどと脅かされていました。案の定、逃げた二人はすぐに捕まって連れ戻されました。

これら慰安所の閉鎖は同年四月でした。アンバラワ第九抑留所に娘を奪われたオランダ人が、苦心の末に当時視察にきた「陸軍省俘虜管理部員」小田島大佐との会見を取りつけ、強制拉致、強制売春を訴えたからです。

大佐は陸軍省南方軍総司令第十六軍に報告し、閉鎖を命じました。二か月の強制拉致、強制売春を押しつけられた女性たちは、その後クラマト抑留所に秘匿されました。

この一件に関わった軍部は、ジャカルタのオランダ軍法廷で十三名が裁かれ、三人の幹候生隊長らも死刑求刑、四人の懲役、そして業者四名にも懲役刑が下りました（一九九二年八月三十日、朝日新聞）。

セレベス島カンピリ抑留の婦人たちは、山地正の闘いで、スマラン事件を踏まずにすみました。スマラン事件とは十九世紀初頭にアンバラワとスマランに位置した四か所の民間人抑留所から、オランダ人混血児の女性三十五人を慰安婦にするため連行した事件でした。

スマラン事件を通して日本軍は、女性俘虜といえども拉致、売春の強制は戦犯に値する国際法を知ったといえます。

しかし、中国人女性俘虜など、この難を免《まぬか》れなかったのです。

またオランダはこの事件で、自国の女性を庇《かば》いはしましたが、何百年にわたって支配したインドネシアの女性たちが、日本軍に強制売春を強いられてあったことに頬かぶりを示したままでした。

キサル島での乙女強奪

セレベス島に近いチモール島の乙女強奪はこうです。

チモール島の警備は四十八師団その他が例によって、高官に五十人の日本人慰安婦、下士官に五十名の朝鮮人慰安婦、兵用には華人慰安婦を用いていました。

ところが兵用の慰安婦が足りないからと、現地調達に取りかかりましたところ、医師が検査してみたら性病持ちの女が多く、百人のうち二名の合格率に軍は業を煮やしたそうです。

大阪府豊中市在住の岩村氏は、戦争話の「出前」を生き甲斐としていますので、私もそれを伺ったのでした。彼は昭和十九年五月、チモール島バギアに慰安所を開所した人物でもあります。

「実は言い辛いんですが、ラウンテンのそこには連隊本部がありまして、手近な島内の女が性病持ちが多いんで、討伐に出向いたキサル島から女狩りをしたんです。そこで反抗するキサル島の男を皆殺しにしたんですよ。七、八名の女を慰安婦にしまして、開所したんです」

女狩りのための討伐と聞いて私も驚かされました。

そのチモール島地域は開戦前の御前会議でも、豪州との遮断上の戦略地に考えられていましたが、戦闘は女狩りのためになされたというのです。連合軍がサイパン、フィリピンへと向きだしている時のことなのです。

「刺激は危ないと思いましたよ。そのことでは討伐隊の中尉の名も忘れましたし……」

中尉を庇った岩村は二十年三月、チモール島からシンガポールに移動をしました。

チモール島ではラウンテン、バギアの他に、西チモール島のクーパン港、中部デイリ港などで華人のほかに日本人慰安婦も見かけたということです。

キサル島の乙女強奪は島の男を殺戮しているだけに、哀しみはこの先も語り継がれることでしょう。

戦中に私が勤務しました「マカッサル研究所」は、セレベス島のホートローテルダム域にあり、そこの海辺を隔ててフロレス島がありました。

フロレス島の飛行場建設地に十七人ものオランダ人女性が、慰安婦にされていました。彼女たちは二十人の兵士を午前中にこなさせられ、午後は下級将校、夜は上級将校との交接を義務づけられていました。

またチモール島の側のモア島では、六人のうち五人の慰安婦たちは、隣のセルマタ島から連行されてきました。彼女たちの父たちは憲兵隊に抵抗した罰として、慰安婦にされたのです。

朝岡淳子とジャカルタで別れた後、私はジャクジャのＬＢＨのブディ・ハルトノ弁護士に会った折、東ジャワのチモールより十六人もの慰安婦が訴え出たことを知り、私はサパルァ島、キサル島、モア島などの女強奪を思い出したのです。

彼女のために答えねば

私は彼女（朝岡淳子）が欲したスマトラ周辺の強制より上手《うわて》の強奪を、十数枚にまとめて便りにしました。彼女からはそのお礼に合わせて、

『私の心の傷は、一生この身から離れなくても、その傷を堂々と背負って生きていくことが、ある

いは傷を癒す唯一の方法と考えるようになりました。

数年間の滞独生活で問題に立ち向かい、乗り越える勇気を持つことと、幾度となくこの言葉を耳にしました。

山田さまの著《あら》わしたご本を拝読にして以来、私の前に出現した「従軍慰安婦」という五文字は、私自身幼時から衛生将校だった父によって、いわば性虐待を受けたことから、この問題に立ち向かって、直視しなければならない人生の課題だと受け止めております。山田さまには以前甘えてお願いしましたが、滞独中の韓国人の友人のためにも、どうか暇を見て韓国人慰安婦についての便りをいただけるよう願っています。

それによって歪んだ父を培《つちか》った国家も、パレンバンの性風土も、捨て置かれた女性たちのこともすべて解けると、そんな気がいたしております』

私は彼女のこの便りに、あせりを覚えました。彼女の何百枚という激しい告白に較べ、私は手薄な便りをしたからです。

彼女が朝鮮人慰安婦を知りたい理由には、前述した滞独以降も続いている李一家の、わけてもおばあさんより受けた、「日本の男は女と見れば、皆連行していきスケベなことに使う。私の住んでいるところからも、大勢連れていかれ、私は母の機転で顔を煤墨で塗られ、屋根裏の幕の中に隠してもらって助かったが、あの頃は本当に怖かった」と彼女に怒りをぶつけたので、真相を知りたいとしていますが、パレンバンのことを性虐待期に、父が二百人の慰安婦が韓国人のごとく語る話はありました。

それに私の『慰安婦たちの太平洋戦争』初巻のカバー写真は、静岡師団跡に見られる柳田扶美緒館のもので、再び還らざる激戦場（ラバウル）へ赴く精鋭部隊を見送る大日本婦人会の襷《たすき》をかけた大勢の慰安婦が、パレンバンの朝鮮人慰安婦になることを、彼女は知っていたのでしょう。

李おばあさんのような話は、当時の韓国のあちこちであったはずです。

千葉県在住の元兵士である秋葉行雄氏は、「〇〇村での女狩り」として次のように述べています。

「昭和十九年、中国の山中における部隊のことである。本部から連絡に帰ってきた古参兵が、『〇班の××慰安所で交接後、いたずらしようとしたら、ふざけんな、好き好んでこんなことをしているんじゃない、と怒鳴られ、ビンタを食らわせた』という。その意味がすぐに分からなかった。

実はわれわれと一緒の入隊者の朝鮮人初年兵の妻が、慰安婦という噂は本当だった。

〇〇村に慰安婦割り当てがきたが、若い独身女性は皆狩りだされ、十五歳の少女を出すに忍びなかった妻は、自分は既婚者だからと、代わって出たのだという。

奥野法相のいう『あれは商行為だった』の発言には、ビンタを食らわせたい」（一九九六年六月二十日、朝日新聞）

この投書はまるで半島に梳《す》き櫛を当てたかのように、女たちがかき攫《さら》われたことを物語っており、李おばあさんの言葉は嘘でないのでしょう。

〇〇村のような女狩りは、業者だけでやりきれるものではないはずです。無法な兵にビンタをくれた〇〇村の、この女性の話に私も泣かされました。

朝鮮人慰安婦

日本が一九四四年三月十八日の閣議で「女子挺身隊制度強化方策」を打ち出しますが、すでにその数年前から性慰安の連行に、「特殊看護婦」「愛国奉仕隊」「女子報国隊」などの美名で、渡海慰安婦が見られましたが、朝鮮にも同様のことがなされていました。

「女工募集」「金になる仕事」など、朝鮮での騙し連行には業者、女衒《ぜげん》に限らず、結社の子分や軍差し向けの軍属、憲兵、警察も張りついていました。

万頭理のように釜山駅前の「南部警察派出所の日本巡査」に絡《から》めとられ、釜山影島第一慰安所に軍部づきで強制連行されたところ、そこには年弱の少女たちが四十五人もおり、途中の倉庫にはもっとたくさんの娘たちが押し込められ、なお釜山大新洞の「第二慰安所」にも、第一と劣らぬ数の女たちが慰安婦とされ、朝には「君が代」「皇国臣民の誓詞」をやらされ、一日に数十人との性交を軍部に強制されました。

一九九六年十二月二十二日の産経新聞は、

「元慰安婦のほとんどは、朝鮮人業者との契約に基づいた『戦場の公娼』とし、『国や軍の関与なし』」

と話した櫻井よしこ氏に、たくさんの万頭理の実存は見通せなかったのです。これが強制連行でなくて何でしょう。

私は彼女（朝岡淳子）の悲しみと苦しみの一条の光となることを願い、手紙を送りました。

「あなたに李老婦人は豊臣秀吉の半島征伐、その蛮行と掠奪を語ったそうですね。秀吉の掠奪には韓国の高度な技術者も多く、いまだ日本の陶磁器に名を残した方々などの他に、長崎に韓国の地名が残るほど、一般人の掠奪もし、そして海外に人買いした例を長崎での取材で知って、私も啞然としたことがありました。

私は韓国の『性兵站地』については、日韓併合時代からのことを、韓国側の識者の意見も聞いて、考えてみたいと思います」

日韓併合と公娼制

この併合は明治四十三年であり、すでに「からゆき」の渡韓は明治中期から始まっていました。そのからゆきは日清、日露戦の「軍政慰安所」の慰安婦でもあったのです。日韓併合は派遣憲兵四千九百二十二名という武断での幕開けであり、朝鮮を公娼制下にと日本は組み込んでいきました。韓国との開港は、その三十四年前であり、外務省は明治十八年には釜山や元山に、すでに公娼制を許していたのです。

日韓併合前の明治二十七年八月一日の日清戦後には、日本軍を迎えるに当たってソウル日本人会は、その二か月も前に墨井洞一画を入手し、軍を慰めるための遊里の開業をしました。日本は国内の師団、連隊指定地には遊郭を付帯させていましたから、ソウル居留民も逸速く手を回したわけです。

大正三年には平壌市などに、三・三町歩（約一万坪）の慰安所を誕生させました。同年ソウルの新町、龍山弥生町には日本人楼戸七十七、朝鮮人娼戸は新町だけで八十一、半島内域では日本人楼戸二百十六、娼妓数は日本人女性千九百名、朝鮮人女性千三百八十五名も見られました。

したがって、周旋業者もソウルだけで日・朝合わせて五、六百人、年間三万名もの女性が売り飛ばされ、新町遊郭の隣地の並木町、弥生町界隈には朝鮮娘の売春街ができ、日本人娼戸でも朝鮮娘の雇用をしていました。

昭和九年には、朝鮮芸娼妓五千名、密売春を含め一万名と、全道を日本は売春で汚染していったのです（『日本の植民地支配と国家的管理売春』宗連玉）。

朝鮮娘の売られた外地は日本、そして中国であり、周旋者は五年期で、四百二十円で売り、売られた女には二十円、その家族には八十円とし、残りの利鞘《りざや》を稼いでいたのです。

ことにアメリカ、そして日本の大恐慌の折、朝鮮の貧困、家庭も飢餓に襲われ、子女の価は五十円、百円での人売りを生みました。満州事変後は娘たちも満蒙にと向かいました。

日本の植民地支配によってその後、中農、小農の流亡が満州へと向けられ、二百万弱の朝鮮人男女が見られ、そのうち接客業者が一万四百四十九人もあったとされています（『日中戦における朝鮮人慰安婦の形成』伊明淑）。

満州事変から支那事変突入と同時に、中国の皇軍慰安所に出かけた慰安婦は日・鮮ともどもでありました。

延吉の日本人慰安婦、かなは昭和十二年に北支へと向かいました。満州にいた部隊に随軍し、山西省の夏県で中隊程度の部隊直属慰安所のみかじめ（遣り手）的存在で雇われましたが、そのとき用いた女性に朝鮮人が多かったのです（『慰安婦の太平洋戦争』拙著）。

朝鮮総督府における公娼制の元締めは憲兵のお偉いさんであり、内地では在日朝鮮人に府県ごとに「協和会」をつくり、会長には知事、警察、支部会の長も警察署長、幹事は特高課長などで人集め、統制の実行をなしていました。

私はパラオ島取材の折、紅樹園慰安所の監視人が、この「協和会」の朝鮮人で同胞の慰安婦を撓《たわ》める者もいたことを知らされました。

日本人慰安婦の肩書き

あなた（朝岡淳子）には日本人慰安婦の問いかけはなかったのですが、「公娼制」という奴隷法の枠内では南京攻略前後には、軍部の要請で日本各地の廓街から娼妓の慰安婦が渡海しました。「昭和十三年南支派遣の古荘部隊参謀の要請で、四百人の慰安婦が内地から軍用船で向かいましたが、その時、兵卒用への割り当ては百名でした」（警察誌）

前年九月、関西廓街から百人、翌十三年正月、東京組も渡支しています。娼妓たちは「国家公用公務員」などの肩書きでした。

三重県は戦時下とあって、公娼廃止県の仲間入りをしましたが、その時、娼妓二百人は漢口に向けられ、大阪府警が漢口兵站部に賞状を出したのです。したがって戦中慰安婦には軍部のみか、内務省も如実に関わっていたわけです。

日本各地の師団、連隊のある市町村の公娼、私娼が送りだされていったのです。

その師団（一師団は一万二千名）は朝鮮、台湾、占領地の海南島辺りにまで誕生し、敗亡近くには二百数十に膨れ上がり、随軍慰安婦も朝鮮ならず台湾、そして占領各地の女たちが絡めとられていったのです。

私はあなたの問いに答えることはしんどいことなのです。でもそのつど、あなたは粉飾なしにさらけ出しての、厖大《ぼうだい》な手紙の山の前に佇《たたず》んでは、私も真剣にあなたの問いに襟を正して書き送らねばと、自分を何度か戒めました。

あなたは泥の淀《よど》んだ川底にあるようなものなのです。とても深い川底にです。川底の闇の中で幼い時から父にふりまわされた「物差し」、その「物差し」には父が当然とした狂気の国家、権力、家などなどの目盛りがついている気がします。不当なその目盛りをあなたが見据えるためにも、私はあなたの間に薄い心であってはならないと。

大正時代の震災（関東大震災）の流言に、東京から深谷方面に逃げた朝鮮人百五十余名が、熊谷、深谷で町の自警団に殺されましたが、私は十数年前、そのことを取材した折、殺した側の怯《おび》えは誰にもなく、お上の差別意識を心にした民衆は誰一人として幽霊に怯えなどしなかったことに、私はとても驚いたことがあります。そして幽霊を見た報告もなかったのです。

したがって、朝鮮の女を狩ることに当時の国や軍権は、悼《いた》みを感じた人はそういなかったのではと思うのです。

なぜ慰安婦に朝鮮人が用いられたかについては、上海の揚家宅で軍直営の慰安所を開いた一九三八年一月、日本人二十八人、朝鮮人八十人を麻生軍医が検診していて、「半島娘に性病持ち少なく良好」の意見書が軍に影響をもたらしたといわれますが、前述したように併合以来すでに日本は韓国に性兵站の枠をかけて、植民地大帝国の侵略の道を歩みだしたのです。

侵略各地の朝鮮人慰安婦(1)

陸軍恤兵部《じゅっぺい》の業務担当のA大尉は、

「供給と需要から勘案して、兵士四十人に慰安婦一人の比率を基準とした。敗戦まで消耗した女を加えると二十万の慰安婦に仕事をさせた。初めの計画は一般女性だが、実行すると難しく、娼妓の前借を軍が肩代わりで集めた。ところが一方で『特殊看護婦』『特志看護婦』『愛国奉仕隊』『女子戦国隊』『慰問団』などの美名で必要数を調達させた。もちろん内地で至難な分を朝鮮、台湾、その他で補充した」

といっているのです。そして、

「恤兵部の資料は戦後すべて焚書《ふんしょ》で始末した」

というのです。

次に女衒、無法者総出演でなければ集められそうにない厖大な朝鮮人慰安婦、それを目撃した人の証言も入れて年順に記してみます。しかもそれは事実のごく一部分でしかないことをお断わりしておきます。

そして、これが単なる徴募で集められたものか、どうかをあなた（朝岡淳子）も一緒に考えてほしいのです。


昭和十三年、ハムン駅に集められた朝鮮娘は、黒紙を窓に張った列車で天津に着きました。ヌヨンサンポから貨車で四十人の官憲に狩りこまれた朝鮮娘も天津に着いたのです。

同年天津には百名もの朝鮮人慰安婦が集められ、各所に配布されていきました。

天津曙街《あけぼの》には百五十人の日本人芸者もいたし、大阪出の「赤玉」は五百人の女給を募っていました。「赤玉」の支店をパラオやマニラで著者も見ていました。

「昭和十四、五年のことです。関東軍は『補給監部』とは慰安婦補給の部で、鉄道一両に二百人を乗せ、外から見せしめのようにし、十両貨車で二千人を一度に運んでいた。補給監部の衛生官が指揮官となり、日・鮮のやくざに武器を持たせて女の逃亡の見張りをさせていた」（ハルビン陸軍軍医・談）

昭和十五年、静岡三師団二十四連隊の星谷三郎は、釜山から渡満の折、隊用の朝鮮人慰安婦の乗船者を数えたら五百六十名もおり、一個連隊に百名ぐらいずつ配られたと、著者に教えてくれました。

昭和十四年まで七年間に百五十人もの朝鮮女性を売買した河允明が捕まったのです。彼の仕入れ価は二十円、売り先は牡丹江、北京、天津、上海など。他に二百五十名も売った男もいて両者は決めた道区を持ち、「出入帳場」の争いを避けても、日本の「不浄政策」のボスに繋がらない商法で捕まったのでしょう。

占領地男子のウサギ狩りについてはすでに山東省、山西省駐屯の日本軍がなし、進出企業への配布、日本への労力送出など大ボスと軍部の構図はできていました。

昭和十四年、海南島攻略には、台湾総督海軍武官室から二月に五十名の慰安婦を、同島三亜に進出させたのが皮切りでした。台湾の女性たちにも嘘や騙しの連行はあったわけです。海南島には韓国の村地主の息子黄に、日本の官憲からの「外征兵士のなぐさめ」を、黄はまともに受け取り、ウエートレス、洗濯と受け止め、村の娘たちも好青年黄に安心して大勢がしたがい渡支しました。

ところが彼らを待っていたのは、黄は楼主、女性たちは慰安婦でした。南寧を経て、海南島で営業を続行させられた黄は、島で一番威張っている海軍特務局長を殺し、自害してしまいました。

台湾軍参謀長にボルネオへの慰安婦要請は、「台湾在住の楼主三名に『慰安土人』五十名をカリマンタンに二十名送出せよ」と南方総軍からの要請でした。慰安土人とは何たる差別用語でしょう。

樺太に三百人の朝鮮人慰安婦は、軍属と称した女衒が、「紡績工場の募集」を口実に、樺太に運びだしたのです。

満州東安には、昭和十四年には第一から第五までの慰安所に六十人の朝鮮人慰安婦がおり、他に中国人慰安婦もおり、それぞれ兵站貨物廠から食料を支給していました。

当時満州には八万の日・鮮慰安婦がいたとされていました。牡丹江に五十名の慰安婦がいました。昭和十五年八月の上海における海軍では、「十五防備隊」としての十六艦、その他の港務、航路、気象観測、第一、第二航空廠、第一工作部、第一病院など、利用した慰安婦数は三百八十名、大半は朝鮮人慰安婦でした。

昭和十六年夏の「関特演」は対ソへの備えの名目で、関東軍の倍の七十万という増員をし、原善四郎が朝鮮総督府に強力な官斡旋をかけ、二万人の慰安婦を要求し、まず半島を入手しました。「関特演」に召集された近衛歩兵第一連隊は、独ソ戦の膠着《こうちゃく》と同時に、「関特演」取り止めの命のないまま、十月には奉天から大連、そして南進の船に乗せられました。十二月八日の開戦に備え、サイゴンにはプールされた朝鮮人慰安婦が、輸送船底いっぱいに隠されての上陸でした。

南寧では名古屋の木下部隊（三師団）の風間上等兵は、二百人もの日・鮮ともどもの慰安婦を見ました。名古屋出身の女たちで、「軍看護婦」の甘言できた女性は、彼に泣いてそのことを訴えたと、風間は私に語りました。

「関特演」を建前に総督府、全道の官憲まで動員しての慰安婦強制は、朝鮮の学者群によっても、登牒、返文その他の書類は見出されていないのです。日本の「不浄政策」は黒い手に処理されたり、戦後の「占領軍慰安婦」にも資料を残さぬ方針で運ばれています。

日本は昭和十四年、国際条約に「婦女売買禁止区域」から朝鮮、台湾、関東租借地、樺太、南洋委任統治域（サイパン、パラオ、トラック島など）を除外しての批准です。第一等の狩り場を朝鮮にしたといえます。

侵略各地の朝鮮人慰安婦⑵

あなた（朝岡淳子）の父が寄港したマニラの占領は昭和十七年一月二日でした。フィリピンへの慰安婦供出は、マニラ軍（京都十六師団、久留米五十六師団、熊本四十八師団）の婦女暴行がすごいと、広東の二十三軍今村均中将にもたらされ、大連逢坂町郭街のボス大駒木に手配がもたらされました。このボスはそれまで中国各地の性御用をこなし、主に二千人の朝鮮人慰安婦の送出をし、マニラにはボス自身が百人の朝鮮人慰安婦を同道して、海岸公園にあるムン・ブロウホテルを接収、「木の実苑」として経営しました。

市内には天津で五百人を募集した「丸玉」のダンサー、キャバレーのカサマニラ、レナウッドホテルの浪花荘、料亭大銀閣、サクラ、あずま「広松」、その他下士官用の女性たちは朝鮮人慰安婦、現地女性四百人、日本人慰安婦六十人、それに台湾組も増していきました。

開戦半年後の昭和十七年五月、大山法務局長は南方における兵士の犯罪について「開戦以来略奪、強姦七十六件、強姦や軍事違反がフィリピン（第十六軍）に多い」と発表しました。

十七年、シンガポール陥落後は、集娼区外の鉄道隊なども慰安所を持ちました。この年、配置された芦寿福などは、兵舎掃除から弾丸運びまで慰安婦外の仕事もさせられました。

ノース・ブリッジ・ロードを通り、ラッフルズホテルの裏手通りを右にとると、かつての「からゆき」大集娼区のステレツに行き着きますが、その道伝いに多くの戦中慰安婦所があったのです。

日本業者の「ヤマト」は満州で兵站大佐との癒着から幅をきかせていました。同市にはアトラス丸で千三百名の慰安婦が数十名の業者と上陸しました。

朝鮮人車成奎は、十七年から同市で捕虜監視に当たり、彼の部隊付の慰安婦は華人、マレー人、インドネシア人、インド人でした。これは攻略時の粛清の折、他の罪科のほかに誘拐もあったことを物語っています。

彼はノース・ブリッジ・ロードの両側に二十か所、約三千人の朝鮮人慰安婦、日本人慰安婦百名を数えました。

「朝鮮の女たちは全羅南、慶尚南北、ソウルなどの出で、二十代の娘でした。中にはマラリアで死んだのもいました。軍人たちは褌《ふんどし》をつけ、列をつくって待っていました」

軍に取り入り、ラッフルズホテルに事務所を構えた東文伍が同年三月五日、慰安婦募集、月百五十ドル、月一回の公休の広告を出した頃、同市のことを洪氏は、女は村に至るまで軍にて捜索され、パシル、パンガヤン、カトントムソン各路では、ほとんどの女性の強姦を発表しました。拉致の女たちは各大隊の慰安婦に連行しました。

東文伍は集めた女たちをビルマまで送出し、海没死の女性をたくさん生んだことで怨心を受け、絞殺されました。葬送の棺桶を分けなかったとされています。

十七年一月二十二日、南海支隊のラバウル攻略に、五師団越智春海大尉は、私にこう語りました。

「攻略部隊は慰安婦船を随え、したがってラバウル慰安所の開所は同年二月早々になされた」

同年六月十六日、ガダルカナルに第十一飛行場設営隊が進出した時も、慰安婦を同道しましたが、敗亡の折、樹上の射撃兵が米軍を射ち落とし、女性だったことがサンフランシスコ放送で知らされました。日・鮮ともども戦場慰安婦は切羽詰《せっぱつま》れば看護婦、炊事、弾運び、そして悪化の中では日本軍による殺害が、占領各地でなされました。

ラバウルの最盛期における陸・海軍慰安所は十七万人、陸軍慰安所三十二か所、海軍慰安所八十か所、四か所の将校慰安所を除いて、大半は朝鮮人慰安婦でありました。ラバウルも占領地の集娼区に入ります。

十七年九月三日、陸軍省倉木敬次郎恩賜課長の慰安施設の発表は、

「北支　百か所、中支　百四十か所、南支　四十か所、南方　百か所、南海　十か所、樺太　十か所、計四百か所です」（季刊『戦後補償』創刊号）

ここには二百か所を下らない満州も、私が在島したセレベス一島でさえ三十か所もあり、この数字に海軍区も入れれば、各部隊などで秘匿した「私設慰安所」を入れると、予測のつかない数字となるでしょう。

また、中支の漢口のような集娼区には一か所でも朝鮮人慰安婦百五十人、日本人慰安婦百三十人がすでに昭和十三年より積慶里で、軍によりなされていました。

侵略各地の朝鮮人慰安婦⑶

昭和十八年のラバウルは、すでに敗亡期というのに、

「十八年四月過ぎ宇品を出、下関で五百人の朝鮮人慰安婦を乗せた。八隻の船団に六隻の巡洋艦、駆潜艇六杯も護りにつけたのに、三分の一は藻屑と消え、自分たちと慰安婦船がラバウルに着いた。港の入り口に火を噴く西吹山と官邸山への道伝いにある第三桟橋辺りが、慰安婦の集娼区で、その数五千人と聞かされた。戦況悪化での帰国組の中には、港外で魚雷での海没船が多く、五十分の一だって帰れたとは思えない」

これは富士宮市中里の染物業、大野順次氏が私に直に語った証言です。もちろん、集娼数のあら

かたは朝鮮人慰安婦でした。

十八年二月、スマトラ島のタラジャにある第十陸軍病院の分院で、知人の故小山田義雄医師の見た朝鮮人慰安婦は、漢口から前年に生着していた三十人でした。李徳南は膣が剝がれ落ちる痛みを訴え、小山田医師の治療を受けました。戦況の悪化から彼女たちは、昼は看護婦、夜は慰安婦をしました。性病薬のサルファ剤、アルバジル、プロンドジルも底をつき、塗り薬は鯵を煮た脂肪を用いたといいます。

十七年春にラングーンの波止場に上陸した朝鮮人慰安婦四、五十名は「東京の工場に募集」に、騙されて応募し、仁川沖から出港、シンガポールで四、五十名が降ろされ、残りがビルマを目指したのです。中には初心《うぶ》な生娘が八名もいて、従軍記者に援《たす》けを乞いました。記者は慰安婦配布の裏が分からぬまま、憲兵に援けを乞いなさいと勧めました。

ビルマの慰安婦は、国粋右翼とラングーン憲兵大尉辻との密謀でした。

同年五月末、ビルマのラモウで四十八師団の秋元実は、攻略直後の焼け跡に日・鮮合わせて十五、六名の慰安婦を見ています。

十七年六月四日、ビルマのトングー侵攻後に「うれしかろう」の慰安所には、現地女性二十名が集まりました。現地女性の利用は占領地一帯にあったのです。

同年七月、福岡の井上菊夫氏は「アトラス丸」で十数名の業者と、荷扱いにて千三百名もの慰安婦をシンガポールとビルマに軍命で運んだと語っています。

同年秋、釜山からラングーンに六、七隻の軍用船の中にいた約四百名の朝鮮人慰安婦は、マンダレー「八四〇〇」派遣軍に送られました。

同年のビルマのメイメョウには、司令部側に五十数名の慰安婦がいました。日・鮮の他に現地女性十名が、裏町の民家を慰安所にしていました。

同年八月二十日、ラングーン着朝鮮人慰安婦七百三名は、五月に朝鮮各地で集められ、業者は親たちに前借を渡したといい、女性たちは見知金《みずかね》を括りつけられての渡海でした。

雲南省だけで慰安婦数は五百名とされていますが、ビルマのミートキーナの「九山慰安所」には六十三名の慰安婦がおり、他に二つの慰安所が近くにあったとされています。

十八年六月十五日、ラバウルからサイゴン、そしてビルマのインパール作戦にと向けられた慰安婦たちは、元川口支隊の慰安婦で中国を出発点にボルネオ、フィリピン、ラバウル、そしてビルマにと振り向けられたものです。博多私娼街からの女性、筑豊の朝鮮鉱夫の娘たちなどなどの六名でした。

インパール作戦が敗勢に入っても、集娼地メイメョウには清明荘のほかに、朝鮮人慰安所二か所、中国人慰安所二か所と合計二百名の慰安婦を管理したのが神谷重雄でした。

侵略各地の朝鮮人慰安婦(4)

昭和十九年、ビルマルート奪回の中国軍が拉孟《ラモウ》と騰越《トウエツ》に殺到しました。拉孟には日本人五名、朝鮮人十五名の慰安婦がおり、騰越には日本人十名、朝鮮人三十五名もの慰安婦がおりました。

三島野重砲三連隊の秋元実氏は、

「女の身で日本軍とともに戦い、死んでも何の報いもなく、この靖国に祀られることもなく、いまだに金目当ての商売女といわれている従軍慰安婦のことを、祈らずにはいられません」

と語っています。

インパール作戦中止は十九年七月十日というのに、その前日に二十一隻の船団が、あらかた海没し、わずか兵士七百名、看護婦五百名、海軍二十名のみで到着しました。大半はバシー海峡で死没しましたが、内訳は兵士、慰安婦でした。

十九年十一月、ラングーンに朝鮮人慰安婦六十名が着きました。この中に狩りこまれた金台善は、九月二十日に軍服の日本人と朝鮮人雀に狩りこまれて連行されたと語りました。

釜山収容所では大勢の同胞女性が集められており、十月初旬に大阪からサイゴンへ「アラビア丸」で運ばれ、ラングーンに着いた時は、朝鮮人慰安婦は六十名に減っていました。右の女性たちは山中慰安所で一か月という短い渡世の後、「英国収容所」に入っており、二人の子持ち慰安婦を含め二十名の慰安婦が残っており、四十名は死んでしまいました。

敗亡の二十年初頭にビルマに連行された全羅道のイ・ナムニムは、村長から「軍服をつくる仕事だ。給料は四十ウォン」と騙されました。前年からの旱魃《かんばつ》で米が二カマスも買えると、彼女は麗水に集められたら、百名もの娘たちがおり、次に釜山で数千名の集められた娘たちを見ました。

イ・ナムニムはビルマに連行され、ラングーンで仲間に小分けされました。

「私の前に迫ってきた苦痛は、人間のわざではなかった。軍人は乱暴だった。……私は死んだも同然だった。畜生になっていた。苦痛で立てずに、膝で這い回った」

彼女の証言です。

彼女たちは移動車での渡世で、時には塹壕で交接させられました。再び彼女の証言は、

「雨期には仲間が死んでいったが、補充でくる女性もありました。仲間はマラリア、コレラの薬もなく、放置されて死んだのです。周りの部隊を転々とし、逃亡、自殺する娘も出ました。妊娠すると兵士が引きたてていき、再び帰らなかった。女は減るのに、相手の兵士は一日に百人のこともあ

った。五十人の仲間は敗戦時には二十人しか残っていなかった」

慰安婦募集が十九年七月十一日、朝鮮で許氏が急募、十月二十七日にも朝鮮毎日新報にも軍慰安婦急募、行き先〇〇部、募集元は朝鮮旅館であり、同年は太平洋諸地域の防衛に日本が北から南進した年でありました。この広告には総督府の黙許がはっきりと見られます。

強制の官斡旋はそれまでも、その後もあったのですが、それは決して暴きを受けてならないものとして、無文書、箝口令《かんこうれい》の口伝達と考えます。

沖縄の朝鮮人慰安婦ついては、同島に三十二軍が編成された十九年三月よりと考えます。この三十二軍には九、二十四、二十八師団が満州から七月より八月二十日までの来沖で、六十二師団は八月十三日、早かったのは九州や習志野からの四十四独立混成旅団でした。

八月末、沖縄の辻遊郭には各軍が慰安婦狩りに出向き、守備隊は一個連隊に二か所で約三十人をすでに連行したこともありました。当時辻の楼戸は二百七十余戸ぐらいで、辻の山川警察署長の記録では、「五百人もの女が慰安婦に狩りだされた」としています。

来沖の二十八師団など進発地のチチハルから、慰安婦を従軍させているものもいました。来沖朝鮮人軍夫は十八年八月からでした。

南大東島に朝鮮人慰安婦は、十九年六月に渡海しています。沖縄戦での死者は県発表で二十万四千十七人、その中に、朝鮮人軍夫、慰安婦は含まれていないのです。

安仁屋政昭氏は、沖縄の朝鮮人慰安婦は千名、十七、八の乙女が多いのではと発表しています。

宮古では台湾にプールされた朝鮮人慰安婦五十三名を、「あかつき部隊」の機帆船で迎えようとし、途中の与那国島の港で空襲に遭い、四十六名が死没、七名のみ宮古の師団に着きました。

私は『慰安婦たちの太平洋戦争』三巻目の沖縄の取材で、数度沖縄の取材に出向きました。同島の女性たちが慰安所マップづくりに励んでくれ、その後、百三十一か所の慰安所が私に告げられました。

かつて大島渚の映画に出たといわれる玉致守は、昭和十七年の「あかつき部隊」に連行されました。この部隊は宇品に本拠を置く陸軍輸送部隊で、玉致守は台湾の大隊にいて、彼の乗った三艦での、主に朝鮮人慰安婦数は、三千数百人と記憶していました。

日本の喪失艦は正しくは敗戦まで、二千三百九十四隻であります。玉致守の乗った三艦とも海没しており、ことに三艦目は沖縄戦に臨み、宮古島に百五十人もの朝鮮人慰安婦を運んだ後のことでした。

彼は下関、博多の待合室で、南進用慰安婦の厖大な女性たちを目撃していました。

返事の終わりに

私はここにあなた（朝岡淳子）のために、問われた朝鮮人慰安婦を知る限りまとめてみました。大熊手でさらわれたような韓国の女性たちがあったのです。

李老婦人の少女時代の恐怖は、事実として一家に語り継がれるものなのです。

現在、慰安婦問題は法的責任を否定する人々は、強制ではなく業者の責任とか、「本人の心映えで自発的商行為」とかいっています。

国にとってあらゆる不利益な文書はポツダム受諾の折、焚書《ふんしょ》がなされました。官斡旋、右翼、憲兵、警察、ヤクザ、それに朝鮮各地の二百に近い日本の公娼地、ですから官斡旋とて強制であり、権力や暴力での多重構造での連行があったからこそ、占領地に村の朝鮮人慰安婦の悲哀が見られたのでしょう。李老婦人の恐怖があなたに叩きつけられても、私があなたにの問いに答えたこれらのことから、李老婦人を理解してあげてください。そしてこの便りが、李一家との親交に役立てればと筆を置きます。

スマトラでは敗戦の折、第十陸軍病院の分院勤めをしていた小山田医師の記録によると、近くの野戦病院に収容したメダン、パレンバン、パダン、ブキテマ辺りから合流した慰安婦は五百名とあります。

あなた（朝岡淳子）の父がいたパレンバンでの、二百人の朝鮮人慰安婦は事実のような気もします、と私は追伸にそう記しました。

私は何百枚という便りをあなたから受けてあっただけに、四十枚余の返事が書けてやっと、あなたに精一杯の気持ちを見せられたと一息つくことができたのです。

第四章——異郷の露

パレンバンに向かって

まもなくジャカルタ到着という頃より、私は激しい悔悟に襲われました。旅程の半分をマレー半島の「からゆき墓誌」づくりの旅に、彼女（朝岡淳子）を誘ったのです。

当時私の許には、長崎出身のＪＩＣＡの仕事をなさっている田浦覚さんから、イポーで会ったからゆきの幽霊話が三度にわたって届いていました。

マレー半島には明治末、すでの島原弁天島大師堂の言証さんが、からゆき供養のためインドまで裸足《はだし》での巡歴をされていたのです。言証さんは弁天島にからゆき塔を建てられ、周りに大巨人のような八体仏を据えられ、巡ったアジア全域のからゆきの喜捨額と、在住地の下に名を、玉垣に何百人と彫りつけられました。中には女衒《ぜげん》、楼主の名も入り混じっていますが、日本におけるからゆき一級史蹟地でありますのに、いまだ市の文化財保護もないまま、塔は白蟻で朽ちかけているのです。

二〇〇一年七月六日、遂に私の悲願が叶い、大師堂の史蹟は悼《いた》まれる女のドームとして、文化財の認定を受けけました。

私はインドネシアの取材では、領事から退去命令を受けたことがあり、パレンバンに長く留まれることを危ぶみ、旅程の半分をマレー縦断に彼女を誘ったのでした。

もっとも前回の便りの末尾に、

「今回東南アジア、マレーシア、そしてインドネシアに渡ることに、私を同行いただけることを本当に嬉しく思います。見ず知らずの私にこんな旅を許してくださったことなど、普通では考えられないことと存じます。本当にありがとうございます」

手紙には家族の写真が同封してあり、二人の娘に囲まれた彼女は、びっくりするほどの美しい顔立ちでした。でも目元や口元に寂しさを読み取ろうとする私でした。

天皇イズムにとり憑《つ》かれた宰領のいるその湿原の家で、せめて夫の古さを拒める母がいたら、彼女の苦しみは増さずにすんだろうにと、私は写真を抱き寄せながら思いにふけりました。

いつも便りには前向きの言葉が語られていますが、嘆いても、泣いても、喚いても彼女は傷に繋がれているのです。

そのことで私はいつも涙するのでした。

彼女にとって少女期からの家は、死者の館にも等しかったはずです。彼女はこの館に嗅ぎつけたのは戦争、暴力、女の不幸などは正しいものでした。その彼女が負をバネにどう生きるかには、死の家を包み込んできた国の歩みや、せめて慰安婦の母に当たる「からゆき」なども見詰めてもらえたらと、マレー縦断を誘ってしまったのです。

彼女との初めての出会いは、成田で八月三日でした。私は群像の中に彼女を捜しかねました。写真とはうって変わって明るい笑顔の彼女が、私を見つけてくれました。

私は思いっきり、彼女のしなやかな手を取りました。肉親への憎悪の血を滾《たぎ》らせたその手をです。

旅の初めはクアラルンプールでした。私は彼女に望まれた慰安婦や韓国事情は、あらかた知らせ終えてありましたから、シンガポールの空を飛ぶ時、簡単に街のからゆきを伝えました。

明治二十三年の日本人街は娼戸わずか五戸、それが二年後に百一戸、からゆき九百二名と増えだしました。ですから、島原の言証さんが出かけた明治末には五百戸となり、花街はステレツと呼ばれ、ミドリロード、ノース・ブリッジ・ロードに挟まれたハイラム、マラバ、マレー、ブギスの街区となり、それが数年前から西武大デパートに衣替えしています。

「シンガポールの墓地はいいんですか」

「名簿は昨年につくってきました。ただしステレツの居住人数に比べ明治が三百九人、大正百三十二人、昭和で八十八人、不明四百九十四柱と、男からゆきも入って、少ない人数なのよ」

クアラルンプールでも、すぐからゆき墓地を目指しました。天草高浜村の没年者の二人の前に、私は立ちましたが、その村の子守唄に、

「おドン（私）が死んだら　花は立っちゃ　芝ん葉立つな　椿、つつじの花立てろ」

というが、どこも墓地はこの芝で覆われていました。高浜は細農家五百余戸の貧農で、私は訪ねて知っていました。太平洋戦争でスレンバン、バトラ、パハット、アルロ、スター、コタ、バルーなどからの移葬が多いことには、十一連隊によって一九四二年三月八日に無差別に村民を虐殺したことなどによるようでした。被害民はイロロン、カンウェイ、ダンギ各村のようです。そこからペナンを指し、引き返して例の幽霊の出るイポーに向かいました。

彼女が興味を示したその話はこうでした
「イポーに政府依頼で建築に出向いたところ、部下が市内の日本墓地を知り、清掃した報告を受けたが、自分は伯母が天草の巫女の系統なので、霊が見えるのが怖いからいかなかった。ところが夕

刻、素晴らしい夕焼けに、ついつい墓地に向かった。

帰途宿舎近くにくると空がにわかに曇るや、沛然と雨が降りだし、慌てて宿舎に飛び込みましたところ、白壁際に足のない四人が並んで私を出迎えたのです。左端の娘は自分の娘と同年の十三歳と名乗り、白いマンマを腹いっぱい食べてみたい、と申し、他の三人は二〇三高地型の古い髪形をした女性たちで、その一人が親だ、実家だと、仕送りに身を削りました。売られはしましても、何も恨むことはしません。どうか土を日本に連れて帰してやってくださいと、頼まれ、彼はまもなく墓の名簿に土を添えて帰国し、島原の寺に金一封を載せて回向《えこう》を頼んだといいます」

彼女はその話を、青ざめた頬に手を当てて聞いてくれたのです。

イポーは明治中期頃からペラ河支流のキンタ川沿いに錫が発見され、一攫《いっかく》千金を夢見る人が集まり街をつくったので、大勢のからゆきさんも向かいました。

私は彼女に降りかかった呪わしいことは、遠い昔の護られない女に、すでに根があることを見据えてもらいたかったのです。

ところが彼女は、慰安婦に向かっての直視の心映えが見事でしたのに、「父と慰安婦の関わりで歪んだ家族が生まれただけでもたくさんなのに、悼みをからゆきまで振り向けられない、何か呪われるような気がしていた」ということを私は薄々感じ、やりきれない気持ちを味わっていたのです。

ジャカルタのホテルで

パレンバンにゆくには早朝を待たねばならず、国内線に一番近いホテルと捜したら、汚い宿に当たってしまいました。

私と彼女の部屋はマンデー（水浴場）とトイレが共同の小部屋で屋根の裏板は落ちかけており、ヤモリが出たり隠れたりしていました。

十七回の取材旅行で、一番酷《ひど》い宿に当たってしまいました。

取材先の宿は決して一流に泊まり込むことに、庶民が見えなくなることですし、費用の面からもできないのですが、それにしてもここは思い出すのも鬱陶しいほど不潔でした。

それに周りの道伝いのゴミには、散歩をする気もそがれ、マンデーも止めてベッドにうつ伏す始末でした。

屋根裏の割れ目から見え隠れするのはトッケイ（おおやもり）でした。私はそれを眼で追いながら、毛虫も怖くないといった彼女のことで信頼できぬ肉親より、昆虫などの生き物に親しみを持って過ごした少女期の傷心を、彼女の打ち明け話に思ったものでした。そういえば彼女はマレー街道を走行中にも、しきりに道伝いのゴム林の繁みに鳥の姿を追っていました。

ホテルのロビーにその夜、五十代のヨーロッパ人と結婚した日本の女性書家がおり、彼女は私にお話ししましょうと誘いましたが、私はベッドに臥せったまま参加いたしませんでした。

インドネシアに入りましたが、彼女に語ってきただけでよかったのかと、思い直したりしました。もちろんパレンバン、それに続くジョクジャカルタの旅で新たな局面を考えたりしました。

インドネシアの慰安婦については、他地区の占領地と違って右翼と軍権の蜜月などにより、軍権の差配を強く感じだしていました。それは日本がすでに戦中の十八年五月二十九日における御前会議での、

「大東亜民族の攻略態勢の整備にビルマ、フィリピンは独立、その他の占領地は帝国領土として資源供給地にせよ」

によったのだと思います。

しかも、四条のうち一条はマル秘でその意が強調されていました。そのことは開戦前の十六年十一月十五日の大本営連絡会議、十七年三月十四日の海軍発表でも、インドネシアの永久確保、民族運動を誘発するなの決裁から見て、この他の植民化を望んだ軍側には、物ならず軍夫も性囚も巻き上げる姿勢があったのだと思われました。そんな軍の肚《はら》から、朝岡淳子の父のような衛生将校も生みだされていった気がしました。

したがって、この先の旅で新たに目の眩むような乙女強奪や性囚の事実に行き会わねばならないでしょう。

父の任地パレンバンにて

早朝にパレンバンに向かった私は、同市においてはすぐ、彼女のためにも戦中篇から取材に入りたいと思いました。ですが、慰安婦の取材ではすでに十余年前に、バリ島で領事から退去命令を受けたことのある私は、この問題にすぐの突撃は危ないと思い、前もってパレンバン日本人会に「からゆき墓参」を伝えてありました。

飛行場に出迎えてくださったのは材木企業の内野氏と、元兵士の武藤守氏であり、二人はさっそく街はずれの墓地に案内してくださったのです。

「かつての日本人墓は市街地の教会の裏手にあり、改修して移した際は四十七体あったのです。ところがその時の係の板橋さんは、まもなく亡くなりまして、現地人夫人はその名簿を渡してくれません」

骨は華人墓のはずれに小さなお御堂の中に安置されており、素性は一切分からないのでした。

「『大正十四年三月二十二日、嗚呼《ああ》、同胞之霊　施主巨港（パレンバン）MM組合』の碑も、戦後にこちらに移したのです。御堂の地下室の四十七体については、私ども名簿づくりをしたくても、そのようなわけでじりじりしているわけです」

明日、領事がここへくるというので、内野さんはせかせかしてこう告げました。

武藤氏はせめて、元からゆきたちの眠っていた協会を案内しましょうといってくださいました。その墓地は市街のパリバン教会の裏手にあり、約二百人の邦人墓だったということです。

武藤氏は教会に車を停めた折、

「この街には戦前から日本の軍偵として○○商事がいて、魚釣りなんかしながら石油施設などを調べていましたよ」

そんな話にこの方からは、何か聞ける期待を持たされたのでした。案の定、彼は賑やかな街に繰り出すと、

「かつての新大阪通りでして、将校用慰安婦がたくさんいたところです。つまり料亭などもあってね。この新大阪通りはジャラン・スガランといいます」

ところが、街地図にその名は見出せないのです。

「将校用慰安所ですか。そりゃ五軒や十軒ではなく、もっとあったんですよ」

彼はそこから横通りの奥に車を停めさせると、

「ここの魚（イカン）醤油屋には、朝鮮慰安婦百名が使われていましてな。そんな朝鮮慰安所はここを入れて三か所ありましたし、バンカ島の女を百人狩りこんでの慰安所がひとつと、そのような

現地女の慰安所は他に二つありました。確か『サクラ荘』といった現地女の慰安所は、臭くて寄りつけなかったそうですがね」

と私や彼女をびっくりさせたのです。フィリピンなどで、身ひとつで狩りこまれた女たちは、着替えのない例はあったので、きっと粗末な待遇下に置かれた女たちが哀れに思われました。

名古屋出身の武藤氏は、パレンバン高射砲隊に属し、その高射砲の性能度のよさをひとしきり聞かせてくれたのです。人生を生きるため、いろいろのことがあったという彼は、敗戦後に、

「独立軍に加担して、そりゃ三十名がらみの人斬りもやってのけましたよ」

と怖い話を打ち明けたりもしました。

魚醤油をつくっているドドクラス慰安所や、サラガン慰安所も朝鮮人用かな、などと彼がいっても、兵士用だったバンカ島の慰安所はどこにあったかを尋ねたら、なぜかその案内を拒んだのでした。

「バンカ島はもともと漁業で食べていた島だが、確か錫も取れたのかな。女たちは十四、五歳と幼かったですよ」

私は彼女の顔が歪むのを見ながら、

「六百人もの慰安婦だったら、権益も広い病院でしょうね」

と向けてみました。

武藤氏は次にあの第九陸軍病院を見せてくれたのです。それは戦前のままで、「ルマ・サキット」の病院として移動しているのに、私を驚かせました。つい口が滑って、

「大佐の軍医隊長さんが、看護婦さんをかたっぱしから襲ったんでしょう」

と差し挟んでみましたら、

「三人ぐらいじゃなかったですか」

と、彼は男としてA大佐を庇いました。

彼女（朝岡淳子）は父の衛生将校が、慰安婦検診で足繁く通った病院を目の当たりにして、肩で息をしながら、しばらく動かないでいました。

そこから武藤氏は、防衛司令部へと向かってくれたのです。瓦屋根のその建物も、昔のままだと説明してくれました。本部の右手に当時の兵舎の建物も残っていました。

「ここでは敗戦を知って哀しんだ曹長が自殺を遂げました。夜になると付近の住民は、曹長がサーベルをガチャつかせて歩く音が聞こえると、そんな噂に怖れていました。司令部の裏手の兵舎は地下室がありまして、曹長はそこで死んだようです。その時、パレンバン司令部は白金少将でした」

彼女は時には顔をそむけたりして、一度も武藤氏に質問をしませんでした。

「慰安所○○荘は隣が華人学校です。一時《いっとき》病院の時もありましたよ。今は警察になっています」

強姦者を庇った案内人

夕食は武藤氏を招待して、街の飯店で顔を合わせました。ビールでほろ酔いの彼は、

「当時スマトラの憲兵隊曹長は久留米の出身者でした。第九陸軍病院の軍医大佐は北沢義明が本名だった。北村に背《そむ》いたのが山梨生まれの古屋、野沢看護婦は山形の人なか、ただし看護婦強姦は、さっき三人といったが五人くらいかな」

と、相変わらず男意識での庇《かば》いだてを見せました。

私はこの一件は、彼女にはすでに伝えてあったのです。『日本憲兵正史』にも、この事件について、

「パレンバン陸軍病院長の不祥事件として陸軍大佐北沢義明、十九年六月赴任、看護婦に暴行を加えたが、相手が病院長とあって報復を恐れ、被害は表に出さなかった。山梨出身の古屋兵長は看護婦から被害を聞き取り、パレンバン憲兵分隊長山根少佐に訴えたが、少佐は未処理のまま転任。二十年二月、新任の分隊長横山健太郎少佐は、部隊長の犯罪、非行は許せぬとした。軍法務部古川大佐に意見を移したところ、穏やかな処置を指示した。

合意か暴行かの判定が困難とされ、ブキテンギよりパレンバンに水淵芳夫中佐が出張、古屋は東條夫人のいとこに当たり、夫人にこのことを密告、よって事件は一挙に軍法会議にかけられた。

看護婦の事件はもみ消され、一名のみ告訴を表明、未婚の被害者を一名にしぼった憲兵側、そして野沢看護婦は大佐の暴行を主張した。本法廷は一切の傍聴を禁止し、横山少佐と軍医一名のみでなされ、古屋は上官誹謗として微罪で処理され、看護婦は山形の郷里にと帰された。

判決だが大佐は懲役三年、階級降等、医師免許取り消し、久留米の陸軍衛生刑務所に護送され、戦後釈放された」

と出ています。

私は孤立して闘った野沢看護婦に、側《かたわら》の彼女を重ねながら物思いにとらわれておりました。強姦され法廷で闘った野沢看護婦を、古い因襲《いんしゅう》をよしとする故郷の人たちは、果たして賞賛で迎えるとは思えませんでした。

衛生将校の父に性虐待され、「家庭慰安婦」に貶《おとし》められた彼女にも、私と同じ想いが野沢看護婦にあったはずでした。

「ここで戦犯の処刑を受けたのはオランダ軍司令官を軟禁したことと、大勢を殺した憲兵の責任を負った田村ヨリタケでした。また憲兵隊長の平野少将は自害しました。ですが独立軍に入った儂《わし》とて、その後、憲兵の手口に似たことをやりましたがね」

憲兵と慰安婦募集については一九三八年八月四日付『陸支密七四五号』にて「実施派遣軍ニ於テ統制シ、……憲兵及警察当局ト連繋ヲ密ニシ……」とあり、スマトラには一九四三年付で、慰安施設などの規定がマレー軍政監部軍政規定集三号に込まれています。

彼女の落胆

朝岡淳子はまた肩をすぼめました

「自分は当時、ジャワ労務者が食えなくて行き倒れになっていくのをたくさん見ました。インドネシア独立の時は、〇〇荘の元慰安所に金持ちの華人を集め、散々脅してインドネシアの独立資金を集めました。つまり〇〇荘を華人の殺し場にしたんです。それで三、四十人を殺した私は、南スマトラの四天王といわれたものです。でも証拠は残しませんよ。人間なんか殺すのは簡単なものです。ところが、戦中に日本軍として住民をいたぶった憲兵は、その住民らに殺されもしました。ナホトでは六人の憲兵が殺されていますよ。ですがここでは、腕の一本を斬ったところで、アサムの実をつけると繋がるから不思議なもんです」

彼はビールが入るほどに、私たちを震え上がらせることをも口にしました。

「ここにダイニヘシワリという助平な華人がおって、三日も女を触らないと病気になる男がいました。よく他所《よそ》の女房をとっ捕まえては犯していました。街の者の中には、猪の睾丸を食ったら一晩で収まらないのがいましたよ。ところが、衛生兵など慰安婦の局部を見過ぎて、逆にやりたがらないのもいましたし、その逆で癖になっているのもいました。何の病気でも、ここでは野生の薬で治すんです。現に私など今でも桑の葉九枚で血圧を下げてしまいますよ。だが、小林部隊の山本は女遊びが激しかったので、性病で死にました。とても胸を苦しがって、あれはエイズ特有の肺炎で死んでいます」

「バンカ島から送られたオーストラリアの看護婦たちは、慰安婦になったと聞いていました。そこはオランダ屋敷の一画で、周りは六棟も慰安所だったそうですね」

「そんな一画は今でも残っていますよ。でもそんなところを連れて歩いて、あなたたちが写真でも撮りだしたら日本に帰れなくなりますがね。今インドネシア政府はきついですから。先日、日本の女子大生が三人、この街を通過してパダン、メダンまで車で旅をするといっていたから、その注意をしましたよ」

私も質問は抑えねばと感じだしていました。

「独立戦争の時、インドネシア兵士は女をどうしましたか」

「そりゃ、ゴム園の女を強姦したりしましたよ。日本軍だって看護婦を犯したし、そりゃ衛生将校はみんな看護婦をやりこめたのだって、インドネシアの兵士は見てましたからな。先人が歩いた道を通るもんですよ」

武藤氏のいう先人の道とは、そのひとつは強姦でもありました。そのことで私は、元兵士であった島原の大場千年氏から、

「私が知っているのは。パレンバンに近い南スマトラの村（カンポフ）で、女たちを犯しにいった、ある部隊の兵士十一名が、原住民の襲撃で全員殺され、しかも各自の切り落とされた性器を口に咥《くわ》

えさせられて死んでおり、怒った隊長が村を焼き払いました」

と伺ったことがあります。

バンカ島の女性たち

彼女はそれらの話に、胸前に頭《こうべ》を落としました。

「敗戦後でした。バンカ島の女が汚れた体に怯《ひる》んで、故郷の島に帰らずにいたのが三、四人居残っていましてな。日本兵に犯された自分をどうしてくれるんだと、路上で私に訴えるんですよ」

私は固唾《かたず》を飲みながら、

「それで、何をしてあげましたか」

と彼の言葉を待ったのです。

「そんなことをいうと、自分の恥を晒《さら》すことになるぞ！　と脅しつけました。そうしたら、彼女たちはそれから見えなくなりました」

私は一瞬、この四天王が女たちをくびり殺した（絞殺）のではと思ったほどです。

バンカ島から連行されたマルガレタさんは、汚れた体で島には戻れないと、パレンバンにと留まり結婚したのです。他の女性とてこの地に留まったものの、夫の子供を身ごもれた幸せを得た女性は、果たしてあったのでしょうか。

「日本軍慰安婦が、ガミガミいったところで、この地では結婚前の処女性はまるで江戸時代と同じでも、離婚でもしようものなら、女を売る女など千人からおりましょうよ」

ここに遺された日本兵の父なし子は、二百名に上ると彼はいいました。慰安婦六百人もいたこの街に、愛人（チンタ）として囲われた女たちは二百人以上いたのでしょう。

かねがね敗戦時、メダン退却に五百人の朝鮮人慰安婦が集まったというのは、パレンバンの二百人も入ってその数字になったのでしょうか。

現地女性はバンカ島の女のように、その場での解散と私は受け止めていました。

パダンは独混二十五旅団司令部が置かれた街でした。日本のポツダム受諾後に、英軍中佐夫妻がやってきて、夫妻は水泳中に襲われて殺害されたといいます。武藤氏は、

「私は決して女の英軍将校なぞに、敗戦したとはいえ敬礼などしていません」

と古い時代の男を誇ったのです。

「パダンでは日本婦女子、それに芸者Pを含みますが、陸軍看護婦として連合軍に日本女性の差しだしを拒んだ。三月二日、レンバン捕虜収容所に上陸すると、数日後に日本婦女子と文官が到着した」（『日本憲兵正史』）

とありますが、パレンバンの慰安婦にも同様の方法がとられたのでしょうか。

私は武藤氏に衛生将校のことで質《ただ》してみることにしました。

二十人の衛生将校

「それは中尉で、見習士官を二人つけていました。兵用に性病担当将校と、慰安婦用と衛生将校は確か二手になっていたと思います。みんなベテランの第九陸軍病院に縁のある将校でした。数は二十人はおったでしょう」

彼は彼女（朝岡淳子）が持っている市内地図を見ると、

「パレンバンで地図を売るところはなかった。それでさっきも訪ねてきた女子大生たちが、北スマトラまで旅をするというが、体制上旅人に厳しいこの地ですよ。おいそれと地図なんか持って歩かんほうがいい。ここには兵補協会（パンヤロ）や義勇軍（パジュース）の人々も、目を光らしていますよ。それに権力層は十年前なんか、この街の貧民窟三千戸を屁でもなく焼亡するところですよ」

と眼を据えて脅しました。

彼が敗戦に残った理由のひとつに、独立軍への加担もありますが、飛行機の残骸を宝の山のように感じたようです。板金工の腕を活かして、無数の錫釜をそれから生み出すことにより、我が子十一人の子の半数を大学に通わせ、地位を築いていったのです。

領事が明日ここにくると聞き、私と彼女は早朝にジャカルタ行きを決めました。父の任地での一夜を、彼女は黙り込んだままでいました。

彼女は父の戦場に立てば、何かが見えてくるのではと、彼女に旅を誘《いざな》った言葉を嚙み締めておりました。父に、

「二百人の性器を割った。女たちは日本の着物を着せられた。日本語もしゃべれない馬鹿な女たちだった。着物を着せられ、交接をした」

かつて父が娘に語ったこれらの話は、その慰安婦たちはイカンソースのあの工場に入れられ、接客させられた。百人の朝鮮人慰安婦を指したとも思ったか、彼女はその建物を遠くから凝視するのみで、側に近づきませんでした。

武藤氏との対話中も彼女は固まったように、表情すら動かさずにいました。パレンバンの慰安婦が父から聞いた二百人と違い、その三倍の六百人と知らされた時、彼女はたじろぎ、椅子をずらせ

ました。父の職権に間違いのなかったことや、パレンバン陸軍病院長の乱れた風儀が、父をも染めたものかと感じ取っている彼女がいました。

そうかといって、父を許しはできない彼女を私は哀しかろうと、愛《いと》しむ心で見守っていました。

ジャカルタの街で

大都ジャカルタに入ると、旅の私たちは方角を失い、手っ取り早く「日本人会」にと立ち寄りました。この街のＬＢＨ（インドネシア法律援護会）に連絡を取っても、弁護士たちとの連絡はパレンバン同様、電話では繋がらないのです。

体制派の日本政府との結びで、この問題はもはや遠ざけられつつあるのでしょうか。在島法人の大半も、この事実の掘り下げを憚《はばか》る方々のみに見えました。

ホテルに入るには昼前だし、それで例の日本人墓地に向かいました。バタビヤと呼ばれていた明治二十二年、村岡伊平次の同市への配布は、おその婆さんにからゆき十二人、立川も十二人をもって開業の予定がありました。

郊外のジャティ・ブタンブランにあるからゆき墓地に向かいましたところ、没者は九州出身者が多く、なぜか言証さんが供養なされた死者だけが、はっきり名簿に残っているのです。

男からゆきでもこの年十一月、天草郡富津村の松田住太郎が二十一歳で没年していました。

「かんちょに鰯のシャだけ、こがんして旧舎におったてちゃ、どがんもこがんもでけんばな」と出国したものの、コレラか腸チフスで命をとられたのでしょう。

男からゆきの中の、私の故郷に近い気仙郡盛町の野川重郎、佐藤修二も二十代で、しかも一日違いの他界は疫病での死に違いないでしょう。

「インド洋に突き出たサバン島で、一兵士がからゆきの没年者を戦記に書いていたわ。インドネシアって、二千からの小島があるんですって」

どれほどのからゆきや慰安婦たちが、望郷の中で死んでいっているのであろう。

旅先での別れ

彼女（朝岡淳子）とはもう二日でお別れになります。パレンバン以外での旅は、明治、大正にからゆき渡航した女たちを、墓地を通して見てもらい、彼女には決して楽しい旅ではなかったはずです。

後日に案の定、便りでこう記されていました。

『からゆき墓地の土を、般若心経に移す山田さまを見て、自分は怖くて墓地の土に手が届かなかったこと、それは怨念を受けそうに想っていました。でも、次にいく機会があったらそれを乗り越え、山田さまの愛を表現できる自分になっているでしょう』

とあったのです。

『土に中から立ち上がる気配、立ち込める渦巻く気を感じました。私の地面の足元からも、湯気のように巻き上げる気を感じました。からゆきさんの墓地の土に、私はとても触れることができなかった。ただ遠くから、女性たちが安らかに眠りにつくことだけを祈るだけで精一杯でした。土に触れたら、その「怨念」の重みに恨まれ、私の身に、子に災いがきそうでできませんでした。……今度再びいく機会がありましたら、その地に眠る女性たちにきちんと向き合って、彼女たちに真の想いを聞き入れます。そして無念の想いを解放してあげたいのです』
彼女の問題である慰安婦の性と人権を遡《さかのぼ》れば、公娼性という奴隷法にとらまえられたからゆきなのですが、彼女は墓地での恐怖を綴って寄こしました。

ドイツで出会えた自分

それにしても私は、彼女の強固な意志がドイツでどのようにつくられたか、旅の終わりに聞かなければなりません。

「ドイツの小さな都市に住んでいました。私はそこでの病院のボランティアを通し学べたのです。父からの性暴力、性器検査は、私を屈辱の地獄に落としました。もし私たち一家が、家の問題として相談し、解決に向けて助言と援助を受けられていたら、私たちは家族の絆《きずな》を失わずにすみました。こちらでは助言を第三者に求め、援助を受けやすい環境がありますが、日本には存在しなかった。私の苦しみを解く鍵を手にし、自分を、そして一家の問題を見詰めることができるようになりました。

それは何気ないことから始まりました。あるパーティーの席上で、ドイツ語会話の女性教師を囲んで、日本人女性たちが楽しそうに家族のことを話していました。私は彼女たちの独会話は理解できましたが、私には家庭について語るべきものがないので、適当に相槌《あいづち》を打って、会話には参加しませんでした。

その翌日、件《くだん》の女性教師が、私のアパートを訪ねてきました。

突然のことに私は驚かされましたが、彼女の訪問の理由にもっと驚かされました。

『昨日、私はあなたに悲しい想いをさせたのではないでしょうか？　私は人に語れるような家族を持たなかったので、そのようなお話をするのに大変な苦痛が伴います。あなたも私と同じ苦しみを持っているのではありませんか？　昨日のことで、あなたは苦しんでいるのではないか、心配になってきたのです』

そういわれた時に生まれて初めて、私の手の届くところに私と同じ苦しみを持つ人、存在することに気がつきました。

それまで誰にも私の家庭のことを気づかれ、そのうえ案じてくれる人はいなかったので、なぜ彼女に見破られてしまったのか不思議でした。

「家庭のことは何もいわないし、いえないところが私とそっくりだから、あなたは私と同じと直感しました」

と彼女は語りだしました。その女性の母はアルコール依存症で、実父とは彼女が幼い頃に別れており、その後何人もの「父親」ができたけれど、結局、暖かい家庭を知らずに成長し、大人になって結婚して二児を育て、幸せな家庭を築いたものの、家族や家庭のことを尋ねられると、五十歳になった今でも苦しいと、自らの幸せでなかった家庭の話を感情を抑えながら、私のために語ってくれました。

そして彼女の真の目的は、苦しんでいる私を悩みから解放するために、わざわざ私の家まできてくれたのだと知りました。

彼女は夫が大病の時、その苦しさから逃げるためにお酒で気持ちを紛らわせたのが原因で、かつて母のアルコール依存症を嫌ったその道を歩んでしまい、治療を受ける身になってやがて脱したことなど、心の傷を人前に曝《さら》けだすには、大変な勇気がいっただろうと、その時、彼女は感じたそうです。

毅然として恥を明かしてくれたことを、彼女は愛と受け取りました。

「それまで彼女は自分の境遇をいつも不幸と感じていたので、治療を通して自分よりもっと辛い人々と出会え、教えられたそうです。子供時代に崩壊した家庭環境（両親の不和、新婚、蒸発、暴力）で育った子供は、大人になっても心の傷を引きずって生きねばならないこと、そしてその心の傷が人生の問題に直面した時に、解決を妨げる大きな要因になることを、その治療で教わったというのです。夫の大病という最愛の人の危機を支えることは、気弱では重荷から逃げ出したくて酒の深みに落ち、治療で生まれ変われたといいます。不幸と感じる過去の呪縛から逃げだすためには、それは自分を真摯《しんし》に見詰めること、そして自分と同じ苦しみの中にある人、そんな人たちを救いだす手助けをすることによって自分も救われ、心の傷も癒《いや》されるのだと、私は彼女に教わったのです」

「心打ついいお話ね。ドイツでいい人にお会いできたのね」

「その方の旦那は大学教授、ご自分も大学院を出てらっしゃるのに、治療後は無償の教員をしているといっていました。そして自分が恵まれているのに気づいているくせに、親と呼べる人が私にいなかったことは、今でも辛いことよって。その言葉は私のいいたい言葉だけに胸が詰まりました」

「あなたも『自分だけ不幸』だと想っていませんか。家庭がなかったことは辛いことよ。でも、それはあなただけの悲しみや苦しみではないのよ。あなたは私と同じ過《あやま》ちを犯していないと思うけど……。人生って、辛いこと、悲しいこと、いろんなことが起きるのよ。私のように逃げだしたりせず勇気を持って乗り越えていってね。

あなた、もっと勉強して世界を拡げなさい。今日あなたの心の傷が少しでも癒されたと感じてくれたら、今日私があなたにしたように、あなたもあなたと同じ苦しみを持つ人々や、子供たちに手を差し伸べて、苦しみの中から助けてあげてね。

そういって彼女は帰られました。

私は涙が流れそうになるのを必死で耐えて見送り、その後、一人で長い時間泣きました。それは今まで耐えてきた涙でした。

そして彼女の優しさと勇気に、私は大きく変えられました。

私を苦しめるものが幸せでなかった過去だとしたら、彼女ならどう問題に向かい、解決するのかと考えました。彼女が同じ苦しみを持つ人の言葉の意味は何かと」

彼女(朝岡淳子)は、その後、病院内のボランティアの仕事を帰国まで続けたのです。

「十分に、もうあなたは同じ苦しみの人に手を貸せる人に育っているわ」

「日本って戦中、戦後慰安婦の人があっても、名乗りでる人もいなし、その点では儒教の風土もあってか、私なぞ手の伸べようがないのね」

私もそれを感じていました。

「でも今のあなたは、先々の女性のためにあなたの目標を見失わず、生きていただくだけでも、とてもとても尊いんです」

私は本音を伝えました。

連れ立った旅の真意とは

いよいよ別れが明日に迫っていました。その夜の彼女は私の残された旅が、とても心配だといってくれました。

十日間の旅は彼女の苦慮の根探しとして、明治にして原始の渡世しかできなかった古い日本が生んだ「からゆき紀行」を通し、彼女に慰安婦に繋がる女の人権と性を考えてもらいました。

「ジョクジャでは、日本軍慰安婦に狩りこまれた人々に会えるの」

からゆきより、この方の旅を望んだかもしれない彼女の心を察しました。

彼女はしばし泣きじゃくっていました。そして突然に、

「私、誰にも同情はされたくないんです」

と洩らしました。そのことは彼女が父の性虐待について、国の風儀に馴染んだ中毒を、一家のまとめに持ちだして生きた父を許せないと、見据えている彼女だからいえるのでしょうか。でも違っていたのです。

「山田さん、明治も女の道は開かれなかったことを、からゆきを通して分からせてもらえました。パレンバンの慰安婦たちも、父のいう三倍もいたことも……。ですが、それでお父さんを許せとはいわないでしょうね。ひょっとして父と母を理解して許せと暗示されて、この旅を誘われたのじゃないですね」

私はびっくりして、彼女ににじり寄りました。

「なぜ、そんなことを思いついたの」

「ごめんなさい。山田さんは寛大でしょう。私の家は人間性が壊れた父、人間失格の父と同性の娘を護らない母、みんな自己中心な親でした。ですが、山田さんは私に母のようにしてくれました。父のことで戦中残忍な体験と行為が、父を変えてしまった。だから軍隊という常軌を逸した集団が父の人間性を剝奪したと。だから……」

「お父さんを許せと私がいうだろうと想っていたの。性虐待を受けた厖大な日本女性の中で、昨日もいったよう自分を見直す態度で生きられるあなたが尊いといったばかりでしょう」

彼女は涙を浮かばせながら、

「父が加害者で被害者となだめすかされるかと……。そしたらあの女性たちや幼女や少女の被害者は、どう考えたらいいのかと。狂った一部の父のような日本軍人を、被害者などと想いたくもないの。被害者は無名のたくさんのあの女性たちの心と体に傷を持った、私のような人たちなんです。中には命を断たれた女《ひと》、発狂した女性たち、性病で絶命した女、自ら身の潔白を証明する言葉も考えも持てない女、すべての手立てを失った女性たちの無念を、中には闇に消された女性たちもあったでしょう。何としても私自身が逢着したことですから、私の生涯を覆いつくして哀しい女性たちは訴えられないのです」

この夜のことはその後、帰国後の便りにも記して寄こしました。

彼女はパレンバンの華人墓地の縁《へり》やジャングルに埋葬された慰安婦たちがあったはずだと、便りの中にも書いて寄こしました。

そういえば、シンガポールからマレー一帯の日本人墓にからゆきは見出せても、慰安婦の死没者を私ははっきりと捜しだせたわけではなかったのです。

彼女の推量は当たっていました。ビルマなどで慰安婦が妊娠すると、兵士が引き立てていき、再び帰らなかったこともありました。

北支での元兵士は、「慰安婦の性病が治らない時、始末しますがな……、殺すんや。なんぼでも朝鮮から連れてきますがな」（一九九二年、提供者・稲垣光江氏）

パレンバンでは、いくらでも現地人女性だけでも補充がきいたのです。中国においても愛馬の慰霊祭はなされても、慰安婦の慰霊はなされことはあったでしょうか。彼女が兵営地に続くジャングルが慰安婦の埋葬地と考えたことは正しかったのでしょう。

別れに当たって

私は彼女が今時代にできることを、必ず見つける人だと信じていることを告げました。

「私はね、挫折をし、そこから這い上がって、事をなす人が好きですし、そのような人は信じられるんです」

私は語学の鮮やかな、賢い彼女をこの旅で見詰めてきました。

彼女は湿原にどす黒く埋もれてはならない人なのです。たとえ嘆いても、泣き喚いても、どうにもならない負でも、それを逆手に取りテーマを絞って、満身で生きてほしいのです。

私は彼女と別れてジョクジャを指すことは、パレンバンの慰安婦がバンカ島のほかに、ジャワからも向けられていなかったかを、知りたいのもありました。

「私ね、クアラルンプールからここへくる途中、この辺りがシンガポールかなと、窓からしきりに下を見ていたわ。あそこに連行された朝鮮の女性でね、日本人巡査四人に井戸端から無理やり連れ去られ、『皇国使節団』の名で六人一組にされ、軍服を着せられてシンガポールに運ばれた女がいたの。立派な強制よね。ジョクジャはＬＢＨ（インドネシア法律援護会）に、はっきりした弁護士さんがいるので、パレンバンに向かった女の人から、聞ける気もしているの」

「父からパレンバンの女は二百人とばかり聞いていましたけど、武藤氏がおっしゃられた六百人は驚きでした」

私の想っていることを彼女も口にしました。

「インドネシアの女たちに騙《だま》しも強制も、強奪もあり得たんだわ」

私はすでに前述したセレベス近海での『乙女強奪』は伝えてありました。彼女は自分が受けた性虐待から、慰安婦たちへの思いやりを強く持っておりました。

「別れが辛くても、この先思うようなに取材ができますよう、祈っています」

泣きじゃくる彼女に明日は仕事を忘れて、ジャガタラお春の住んでいた辺りを彼女と歩くことにしました。


朝のスンダ・クラバ旧港の運河沿いには、木造船がぎっしり並んでいました。

十五世紀、ポルトガルや日本との貿易基地だったこの港は、ビニンと呼ばれたところです。港にバザール・イカン（魚市場）の辺りにお春が住んでいたのです。

彼女は長崎の小柳理右衛門の娘と伊人センティの間に生まれたハーフでした。慶長十八（一六一三）年十二月、バテレン追放令後の寛永十六（一六三九）年二月、幕府の鎖国政策により翌年に蘭船グレタ号で三十一名が平戸から、ジャガタラにと追放されました。

そこにはお春らより二十七年前に関が原や大坂夏の陣の落人《おちうど》、浪人など蘭人傭兵とし、六十八名もの契約移民、他に大工九名、鍛冶職三名、左官二、三名、水夫などがきており、またバタビヤ西方のバンテン港にも蘭、英に仕える傭兵が八十名近く日本からきていたとされています。

アンボイナでは蘭、英の争いで英人十名、日本人九名が処刑され、英はこれよりインドへと追い出したのです。

倭寇《わこう》も、母船にいたのが蘭人だったという学者もあります。

ジャガタラお春の生死

私はお春追放の年に、私の故郷の水田越しに見える北上山地の大籠《おおごめ》では、日に千貫もの製鉄が伊達家でなされており、キリシタン徒が多かったため、その年百七十八名が処刑され、その後二百名の打ち首、磔《はりつけ》の殺害が続き、遺体は葬送も許されぬまま放置され、夜ともなればまるで潮騒のように人々の泣き叫ぶ声が、近在に響いた話を聞いて育ちました。しかも翌年もまた、九十四名の処刑が引き続いてなされたのです。

彼女の死は七十六歳でした。七人の子のうち、六人に先立たれ、娘マリアと三人の孫に囲まれ、晩年は淋しい境遇のようでした。

お春の住んでいたのはヨルケン通りと聞きましたが、それは現在のロマ・マラク通りでした。華倭銀行や商社の並ぶ裏通りで、倉庫がひしめいています。

ロマ・マラクは右側が倉庫、左は華人などの古い家が並んでいて、スラム化したこの地から、とてもお春の豪邸を偲《しの》ぶことはできませんでした。

彼女が故郷の筑後町の友や乳母に送った望郷の便りは、その後からゆきに、そして戦中慰安婦とて同じものとして、私に涙をくれたのです。

彼女の冒頭の日本を故郷に挿《さ》し替えれば、それはアジア各地から連行されたからゆきや、戦中慰安婦たちの叫びでもあったはずです。

故郷哀しや　こいしや

かりそめにも　立ちいでて
またとかえらぬ　ふるさとおもえば
心もこころならず　なみだにむせび
めもくれて……

そして、異域の露と消えた彼女たちです。お参りできたからゆきの死没者とて、実数の何万分の一で、多くの彼女らは村（ジャングル）に、路傍にと没しているのでしょう。

その事実は、そのまま戦中慰安婦なのです。

彼女とその話をしましたら、パレンバンの中にひょっとしたら慰安婦が葬られていないかと、墓所を掘り起こしてみたい衝動にかられたと申しました。

「でも、父でさえ娘の私を性虐待するような国柄で、従軍慰安婦を葬るなんてしないんだわ。かわずジャングルの縁《へり》にもでも埋めただけでしょう」

前述しましたが、彼女はパレンバンの華人墓地や周りのジャングルに、疑わしい眼を奔《はし》らせていました。

果てる間際までお春のような望郷の想いは、慰安婦たちのものであったはずです。

明朝の私との別れの前に、動揺している彼女はスンダ・クラバのお春を、どう感じたことでしょう。

ジョクジャカルタの慰安婦

ジョクジャカルタに着くなり、華僑街の先にあるLBH（インンドネシア法律援護会）のブディ・ハルトノ弁護士を訪ねました。まるで「達磨大師《だるま》」のような鋭い大きな眼をした、偉丈夫な体軀の持ち主です。

私はこの国は明治にしてラデン・カルテニーのような素晴らしい女性を生んでいましたのに、侵攻しました日本軍が女を貶《おとし》めましたことを、恥ずかしくすまないと思っていますと、拙《つたな》いインドネシア語で伝えました。

彼の手には一九九二年七月の週刊誌『TEMPO』が握られており、私をびっくりさせました。自分たちの運動の一歩が、これによって始められたということです。

実は私の『慰安婦たちの太平洋戦争』の第一巻は、一九九一年九月でした。その私に『TEMPO』の日本支店長である大川誠一氏から再三にわたって、記事の転用を乞われたのです。同誌は一九九二年に「慰安婦特集」を組んだのです。

よもや私の記事がインドネシアの慰安婦問題のさきがけになったとは、思ってもいないことでした。帰国後このことを大川氏に質《ただ》しましたところ、まさしくその通りで、この問題が大きくなると、『TEMPO』は一九九四年六月に発禁となり、以後スハルト派の要員が組み入れられ、『ガトラ』という週刊誌に変わったというのです。

その後ムルデカ新聞でも、「慰安婦の被害を明らかに」といった社会大臣のコメントが載り、つまりLBHは社会省の声がかりで、慰安婦の仕事に乗りだし、一九九三年四月、日弁連（日本弁護士連合会）の調査団が、戦中時代を調べにインドネシアを訪問しました。

同国での火付け役ともなったのは、作家のプラムディア・アナンタトール氏が、ブル島の慰安婦の聞き取りもし、そのことは日本の新聞にも報道されました。

ブディ・ハルトノ氏の座る右側の壁には、厖大な慰安婦申し出人資料が積まれてあります。インドネシアにおいて、当事務所の被害届はもっと多いようで、彼によって示されました中部ジャワ百一名、チモールを含む東部ジャワ十六名ほか一名、そしてジャクジャカルタの都市部六名、メラピ山（二九六八メートル）の山裾のスリマン地区に二名、郡内十四名、グノンキドール内に百九名、市内六名の名簿ができておりました。

一九九六年十一月、インドネシアは「アジア女性基金」のお金が、個人への支給ではなく、全国数か所の高齢者施設の建設にすると声明し、アジア基金と手を結ばれました。

トラワン慰安所へ

その日、ブディ氏は、事務所からやや離れたマンディエムさんの家に案内してくださいました。亀甲型の石で覆われたジャラン・バトウの路地の奥にある彼女の家は、入り口の居間の奥に暗い寝室の見える小さな家でした。彼女は娘時代どんなに美しかったかを想わせる、整った肢体の持ち主でした。

「インドネシアの国民として、日本の犠牲になった女です」

彼女は笑顔を崩さず、そのような挨拶をしました。ストレスで煙草と薬を飲みだしていると、机の端に白い玉二粒と橙《だいだい》色の粒を並べて見せました。

「昔を想い、日本政府のやり口を想うと泣けるんです。私と友達は、カリマンタンのパンジェルマシンにある、トラワン慰安所に二十四人収容されました」

彼女の悔しがる政府のやり口とは、次のことを指しているのでしょう。

「インドネシアの慰安婦問題は、『板垣正自民党氏が、インドネシア二万の元慰安婦登録あり。インドネシア政府は、この一件について、日本との話は民間の運動に関与せず』の決着を表明（一九九七年三月十六日、朝日新聞）。

「インドネシア社会事業実施覚書に、女性のためのアジア平和基金（原文、近衛）とインドネシア社会省は、二十五日同国の元慰安婦を支援する事業覚書に調印。社会省が五十五か所の高齢者福祉施設の各事業に十年間で三億八千万円の支援をする』（一九九七年三月六日、産経新聞）。


トラワン慰安所の二十四名は、ブディ氏の調査では生存者はわずか六名でした。

「はじめ十一人も生きとりましたが、三人は死にました。私たちを連れだしにきたのは正源寺寛吾で、彼はカリマンタンが陥落した後、パンジェルマシンの市長でした。この街の出身者である歌手のレンチが、パンジェルマシンにおって、私の幼友達でしたから、正源寺の案内をしてやってきました。その幼友達とは、よく村で遊んだ仲でした。レンチは『出し』に使われて私を誘いました。

私の家は父が王宮で働いていましたし、私も息が詰まりそうな暮らしから抜けだせたらと、それに華やかなレンチの舞台に憧れもありました。仕事は決して慰安婦とはいいませんでした。私はその時、十三歳だったのです」

私はとっさに、四歳から性虐待を受けた朝岡淳子を思い出しました。

「その時、正源寺に集められた女は四十八人で、みんな夢を見てウキウキしながら汽車に乗り、スラバヤから対岸のパンジェルマシンにと渡ったのです。四十八人は二組に分かれ、自分たちはトラワンの二十数室もある慰安所に入れられました。左図は慰安所の様子です」

「部屋は十一番に入れられました。他の二十四人のうち軍食堂に八人と、十六人はレンチの劇場に入れられたのは、後で知ったことです。私を一番先に犯した男は軍病院の勤務者で、その日六人に十一回犯されたのです。慰安婦の管理者はチカダでした。私の名はモモエでした」

十三歳の娘に何たることを想うと、私は堪えられない気持ちで、その話を聞きました。

彼女は当時の仲間の源氏名を覚えていて、いね子、あき子、さくらなど、しばらくは慰安婦たちの名をほとばしらせました。

「渡辺憲兵は、自分の子がこうなったら可哀そうなものだと、チケットを何枚か持ってきて、私を寛《くつろ》がせてくれたのです。バナナの軍票は見ましたが、お金はチカダから一度も受け取っていません。チップで食物を買ったりしました。検査もありました。一時間二円五十銭、軍属は三円五十銭、将校は泊まりで十二円五十銭だったと覚えています。チカダは三年後にまとめ払いをするといって、

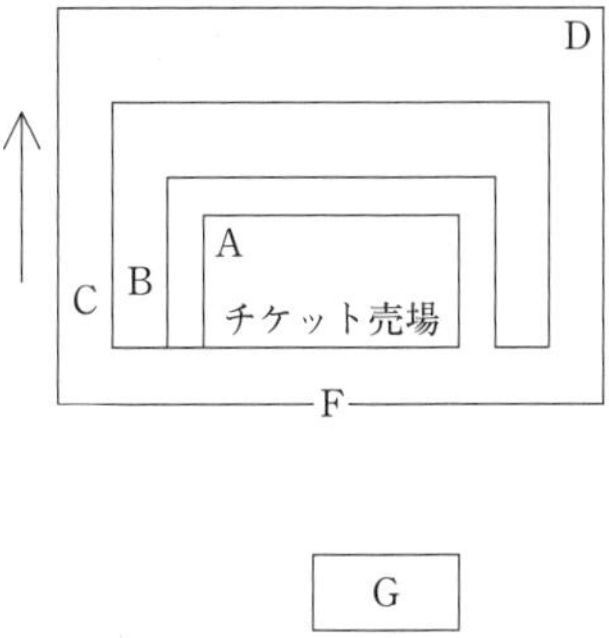

A　待合室　チケット売場
B　部屋(24室に区切られている)
C　庭
D　見張小屋
F　門
G　近所の家

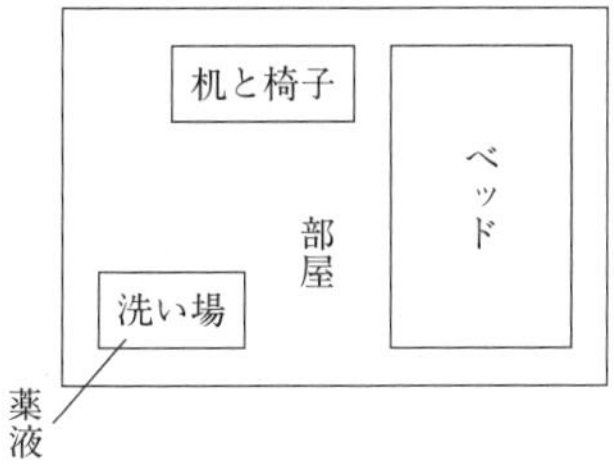

金はくれませんでした。

敗戦の時、そのチカダはもういなかったのです。ご飯と干し魚少しで、私たちはまるまる一日を働かされました。連行された人はみんな病気になり、五人は帰されたり、いまだに連絡が取れないんです。膣に穴が開き、眼の見えなくなった人が街にいるんです。

私がＬＢＨに一番先に登録しましたが、政府が個人の賠償は認められないので、今では街の人も、私を軽蔑の眼で見ます。慰安婦の時より、今の方が悲しみが強いです。

日本に訴えにいった時、日本の男性を見ると倒れそうになりました。なにせ慰安婦時代は、日に十五人から二十人に犯された日だってあるんです。日本にいっても政府は謝罪しないけど、お話を頼まれていって学校では、子供たちが謝ってくれました。私は慰安所に入れられた時から、ほかの人への愛も忘れ、敗戦後に結婚してくれた夫にも、過去が災いをして、性を拒んだりですまなかったことをしたのです」

「慰安婦の人で亡くなった人もいますが、まず政府の謝罪と補償を要求します。私の親しかった慰安婦の友達が、遺言を残して死にました。ジャワ人は遺言を残す人は稀なので、この友人のことはとても重く感じるんです。補償が下りたら、ぜひ妹と弟に分けてくれと、そのことを私に託して死んだのです。

私は夫のわずかな年十万ルピアしかないのですからね。その金ですら慰安婦仲間に消える始末です。

私はＬＢＭのブディ・ハルトノさんたちと日本に訴えの行動をしましたから、中には私だけ金を貰ってきたんだろうなどと、陰口をいわれたりしているんです。それに日本の餌食になった私なのに、街の人から最低の悪口をぶつけられるんです。ランソン（売春婦）ジャパンとね」

私はマンディエムさんのこの言葉に、ついに肩をすぼめました。

朝岡淳子がもし心無い人に貶《おとし》められるとしたら、どんな言葉を投げかけられるのかと、彼女を想い出し、悲しくなったのです。

山麓に住む元日本兵

ジョクジャの街に、日本軍駐在の慰安所はどこにあったのでしょう。

市内にあるガルガーホテルが、元「朝日ホテル」という将校用ホテルということは、ガルダーの事務所を訪ねて知らされました。街の日本人会は、インドネシアでも先鋭的な、ここのＬＢＨの活動に触れたくないのかして、からゆきの墓地も含め古い邦人のことなら、メラピ山麗に住む田中氏に会うことを勧めました。

田中氏はインドネシア五十年在住の老人でありました。

メラピ山への登りは、棚田を過ぎると沿道には別荘風の家並みに変わり、有料公園の側に田中邸がありました。

九州生まれの彼は、昭和四年スラバヤを振りだしにバンドン、スラバヤと有馬洋行の仕事で過ごしたのです。私はかつて有馬ドラッグといって朝鮮侵攻の折、性病薬で大もうけをした商会を思い出し、それかと思いましたら、九州有馬候の出資会社でそれとは違い、アリマリという薬を扱っていたというのです。実のところ米国より鉄輸入を閉ざされ、開戦前からジャワで屑鉄を集めては、日本に送る仕事でしたというのです。お金は戦中もジャカルタの軍政監部から出ていたそうなのです。

彼は敗戦とともに、妻子を伴ってバンドンから地図にもないような道を辿り、この街にやってきたのです。

「奥地の村では、戦が負けての軍票で食い物も買えました。翌年インドネシア側からスパイの容疑で捕まり、言葉ができるとあって、今度は独立軍に駆りだされ、斥候《せっこう》に出されたり、今では年給にして二十万ルピアをこの国から貰っています。

一九五〇年に肺結核に罹《かか》り、この山麓で養生しながら、七人の子と十七人の孫を育て、小規模ながら外人用のホテルを持っています」

田中氏は街の日本軍が用いた慰安所も、山麓から狩りだされた慰安婦の消息も、決して聞かしてくれませんでした。

「日本人墓地はあったそうですが、華人墓地ともども、ガジャマダ大学の敷地に消えました」

私はそこで田中邸を辞しました。私は振り返ると、セレベス島の山里のトラジアに住む日本兵にも、デンパサールの日本兵に会っても何も話してもらえず、口惜しい取材の旅もあったことを思い返していました。

インドネシア慰安婦の賠償

翌日、LBHでは、マンディムさんとラシェムさんが待っていてくれました。二人は幼馴染みでした。マンディエムさんは、

「私が妊娠して、病院で堕《おろ》された時、チカダがジョクジャから集めてきた中に、ラシェムさんが入

っていたの。彼女はすでに二児のある身だったが、失業している夫に送金できると、チカダに騙されて、パンジェルマシンにきたんです。その彼女だって、一度も手当てを貰っていません」

ラシェムさんは敗戦後、現地でダヤク族の兵補に終始して、男子をもうけていました。ダヤク族の夫と一度、ジョクジャカルタに戻り、彼女は残って夫は故郷に戻り再婚したし、彼女の元の夫もすでに再婚していたといいます。

今の生活をみてくれる息子は、二度目の夫の子かと、私は推察するだけでした。

「息子ワヒッドの理解を得て、LBHに登録しました」ということでした。

マンディムさんは、

「みんな歳をとっていること、ジャカルタでサインをする前に『アジア女性基金』は金はあるし、サインをしてもらえば金は送るだけといって。ところが、その二日後に社会省が『アジア女性基金』と契約をしました。養老院をつくるというけど、家族と離れてそんな施設には入る人はいないんです」

私はそのことで、ブディ・ハルトノ氏に打つ手を聞いてみました。

「一九九三年四月に、ここに日弁連がきました。四月二十日に社会省が従軍慰安婦を捜すことをLBHにやらせろとし、マンディムさんは一番先に登録しました。千七百人もの人が、ここに押しかけてきたんです。

日本政府の『アジア女性基金』は嘘をつきました。もしこの先、社会省の方に金を落とすというのなら、ジャカルタでの事業を逆手にとって、社会省を相手に裁判で闘うつもりです」

「パレンバンやジャカルタでLBH他支部の弁護士さんで、会ってもくれないところがありますが、それはなぜでしょうか。両国で決められたことに随《したが》うことを現わしているのでしょうか。あなたは体制が仕向けることを恐れませんか？」

「国家も何も怖くありません」

彼は大きな眼を見張って答えました。

マンディムさんは、

「私が日本にいったのは、政府の謝罪文を貰いたかったこと、二度とこんな女たちを生まぬように。困るのは弱い者たちなんですから。東京の十五か所で若い人たちと話し合えました。若い人たちは政府に要求するのか、天皇に要求しないのかと私を問い詰めました。

事実を知ってくれた学生の中で、詫びてくれる人々もいました。いただける二百万という金は、給料などでない賠償金です。治療代、家の修理費やらにも使わせてもらいます。日本はインドネシア政府に払うのではなく、ＬＢＨを通じて私たちに直接払うべきです」

インドネシアの賠償協定は、十二年間で総額八百三億八千万円が約束され、その額に基づいてムシ川の架橋、カリマンタンの開発、製紙・合板・紡績工場建設などで、一九五八年賠償協定済みを「正論」（三月号）に石井英夫氏が発表しました。

ジャカルタの街を車で走っても、運転手の口から賠償でできたスサンタラビル、サリナデパートなどよく聞かされ、なべてそれらは役務賠償であり、日本企業財閥に請けさせた額といえるでしょう。

病めるスカイリンさん

昼にバナナの葉に包んだ鳥のから揚げ弁当をご馳走になり、ブディ・ハルトノさんの運転で、病んでいるスカイリンさんの家に案内されました。彼女の家は市街から海に向かう途中のバントル郡にありました。

私はジャカルタ空港で、土地の人に「おしん」の放映があったことを知らされました。そしてあのような事実は、この国にはまだあるということです。ましてやジョクジャはバンドン、マジャラヤなどのように繊維の街でした。「女工哀史」という過酷な貧しい暮らしは、女たちにまだあったのです。

村の中のスカイリンさんの家は、二間《けん》間口の入り口が土間の客間で、続く家族の居間の奥が彼女の部屋でした。

入り口の壁が割れていて、崩れそうな薄暗い部屋は、彼女が起き上がろうとすると、蚊柱のような埃《ほこり》が舞い立ちました。

起きだした彼女は養女に手を引かれて、土間の客間に腰を下ろしました。痛々しいほど痩せた彼女が、サロンの切れ端で頬かぶりをして現われました。

見えない白濁した眼は動かず、擦り切れた袖口から出ている細いしなびた手を、マンディムさんの手に重ねました。スカイリンさんはいと子、マンディエムさんはモモエと、二人はトラワン慰安所時代の名で呼び合うのです。

彼女は十年前から眼を病み、それまではマンディエムさんの近くで食い物の屋台をやっていたそうです。

二人はトラワン慰安所のチカダを土地の言葉のアゴで呼び、チカダがそのあだ名を聞き返したら、「いい男」の意味だと笑い合った話をしました。彼女たちのささやかな鬱憤ばらしのようでした。

一歳から育てたという養女は、一九八三年にスカイリンさんの眼の手術をしたところ、彼女は目の玉を動かして失敗し、二度も行なったことを伝えました。

トラワン慰安所では一番の美人といわれた面影が、口元や美しい鼻梁に見られました。

彼女は賭博好きな夫に愛想がつきた頃、マンディムさんがパンジェルマシンにいくと聞いて同行しました。

パルジェルマシンは、ジャワ海を隔てて対岸がスラバヤです。夜ともなればパサル・ブラウランといって、小店が数百も立ち並ぶ街でした。自由を奪われてあった彼女たちは、こんな夜の市を楽しめたふうではありません。

それでも月一度の休日は、芝居を見せてもらえたということです。彼女はトイレを探したが、分からぬまま困って芝居小屋の裏で用をすましたところ、席に戻るとチカダに「逃げようとしたのか」と、殴られたといいます。

図解（一四九頁参照）で示しましたように、見張りの兵士と、周りの高塀で逃げはできなかったし、したところで見知らぬ土地の人々が匿《かくま》ってくれるわけでもありませんでした。

スカイリンさんは、マンディムさんが土産に持ってきた菓子を無心にほおばっています。養女の話では、もち米の大きなお握りを黙っていれば、一日に六個も一度に食べる人だといいました。

マンディムさんはＬＢＨに登録した時は、スカイリンさんをはじめ自分で口説いて、登録に吹っ切らせたといいます。

「それだけに『アジア女性基金』の金が、病持ちのスカイリンさんなどを素通りして、政府間だけの取り交わしで終わろうものなら、自分は友に罪を犯すことになります」と、彼女はハンカチで目頭を押さえました。

スカイリンさんは二つ切りのサロンを腰に当てるのも、たえず開いた膣から下り物があるからだと付け加えました。

下り物は慰安所時代からの「悪露《おろ》」で呼びならしていることに、日本の深い罪業を聞いたようで辛い私でした。

「もはや心なくして、いと子のように病む友もいるけど、私は体に刻み込まれた性のあの事実をとても拭え切れない。だから心を病んでおります」

マンディムさんのその言葉も、私の胸を締めつけるのでした。

パレンバンの慰安婦を質す

私はブディ・ハルトノさんに、ジョクジャのLBMでまとめた二百四十九名の慰安婦名簿をいただいていました。この中には私が戦中に在島したセレベス島はなく。わずかチモールのみが入っていました。

ジョクジャ都市部・六名、スリマン・二名、郡内・十四名、グノンキドール・百九名、中部ジャワ・百一名、東ジャワ（チモール）・十六名、他・一名。

インドネシア二千名の「従軍慰安婦」の被害調査で、七百六十名のうち、木村公一訳での慰安所位置は五十五パーセントがマンディムさんのいたパンジェルマシン、ポンテアナック、バリックパパン、サマリンダ、ワジュンバンダン、メナド、バル、ケンダリー、アンボン、バリ、クバン、イリアン、ジャワ。

三十六パーセントがジャワ、ジャカルタ、ジャテイネガラ、バンドン、チマヒ、ボゴール、チレボン、スカブミ、セラマン、ジョクジャカルタ、スラカルタ、マゲラン、チェブ、クデイリ、マラン、ラワン、プロポリンゴ、チラチャップ、レレス、ガレット、スマトラ、パレンバン、ジャンビ、バダン、ベカンバル、リアウ、メダン、アチェ。

一パーセントがシンガポール、フィリピン、タイであり、朝岡淳子の父が衛生将校として管理したパレンバンへの配布数は三十六パーセント内に入っているのに、私は目を見張りました。私はブディ・ハルトノ弁護士に、パレンバンの慰安婦を質したのですが、まだ資料整理ができていないということでした。

これらのことを私は、彼女（朝岡淳子）にすぐにでも知らせなくてはと思いました。

私はジョクジャを去るに当たって、二百四十九名の調査書を何度も開きました。その中で街に隣接したグノンキドールから百九名の慰安婦中、半数近くが死没、そして行方不明は三十九名なのです。

メラピの高峰から街、そして飛行場のある海辺まで続く低い丘から東部地帯が、グノンキドールなのです。

私はメラピ山を背に、山丘が見え隠れする村を日が沈むまで歩き続けました。

戦中にこの地帯を統括した十六軍憲兵は、メラピ山東方のラオ山（三二六五メートル）を隔てたなお東のマデランとジョクジャに分遣隊を置きました。

グノンキドールの女たちは、それら軍権の加圧がかかったのでしょうか。韓国の女狩り式に軍から行政機構、つまり郡長、村長に命令が移されたのでしょうか。

それにしても、四十名からの行方不明は、遠いタイやスマトラなどに運ばれた海没者でもあったのでしょうか。

戦争の産むもの

侵略戦争は天皇イズムの兵囚を生みました。そして、その兵囚用に組織的は「性奴」をも生みました。

「性囚」の利用、それは大いなる戦争犯罪といえるでしょう。

九月十五日、私に西オーストラリア大学の田中利幸教授からお便りがありました。その中にオーストラリア人ダグ・デイビー氏との談話が入っていました。

「インドネシア人慰安婦は西ボルネオにも送られてきました。この戦後処理部隊は豪州第九陸軍師団でした。ボルネオ北西部のパダマ河に面したビューフォートの本拠地は、元日本軍の駐留地であり、ここにはジャワから強制連行された女たちが働かされていた。

デイビーなどが到着してから彼女たちを近くの小島に隔離し、医療、リハビリテーションを施し、ジャワに送り返す準備をしていたが、女たちは故郷にて日本軍の売春婦となった恥を晒《さら》すことを非常に恐れていて、そのうちの一人がこの小島で自殺をした。

慰安所資料は日本軍が戦後焼却し、全体像を浮き上がらせることは困難であるが、おそらくアジア各地に無数の慰安所が設置され、ジャワ女性も大勢不幸な強制連行をされたに違いない」

なお、ダグ・デイビー氏の属した部隊は「英国領ボルネオ島民間人問題処理部隊」とありました。

韓国では日中戦から、真鍮の食器（サバリ）が強制供出させられ、市場に陶器の丼、レンゲが並び、名も言葉も奪われ、青年は内地へ強制労働、少女は慰安婦の措置がとられました。

朝鮮の二十師団で大尉だった父をニューギニア戦で失った田所良信氏から、その頃いただいた書面に、

「……敗戦より総督府や軍関係の建物で、焼却する煙を見ました。……朝鮮はその頃、約四十万の兵士が、沖縄敗亡の後、戦おうと在軍していました。ですが、龍山の陸軍官舎五千か所をはじめ、鉄道官舎の人々はすでに八月十七日には下関に着いており、その日、南大門前の交番が民衆に襲われました。

……その日からわずか八月二十二日まで、警察官に対する襲撃は九百十三、内地人警官や朝鮮人警官への脅しや略奪は百五十二件、内地人への暴行、脅し、掠奪は八十件、朝鮮人に対しても同様のことが六十件起きました。朝鮮にある日本の神社など二千三百四十六も壊されたのです」

この事件には、子供たちを強制連行された身内の起こした件数が多数含まれるだろうと、私は考えさせられました。

日本の不浄政策

私は老将がおられる地が遠かったので、電話をいたしました。

「男女を狩りこんだ『不浄政策』の大物は訴えるのですか」

「そりゃ大本《おおもと》は甘粕機関だろう。そもそも大杉栄を斬る不浄役を担った男だ。体制に与党の立場で、

軍企業とは天皇制護持に互換性としてな。だから平気で弱者は食いちぎられ、利益の他に満映などで表の地位を保ったんだ。この前話したはずだ」

昭和十七年、北支から満州への苦力《クーリー》は、「秘密苦力使用の要領」によると、八十五万人もあった事実を拙著『従軍慰安婦の太平洋戦争』に発表しました。

また、十八年九月より北支四十七師団、二師団をはじめ、第一歩兵旅団、第二、第三、第五、第八、第九各独立混成旅団でウサギ狩りいう労工狩りの実施もありました。

外務省管理局は華人労働者三千五百人としていますが、俘虜のウサギは鉱山のほかに門司、八幡、博多の荷役だけで三万八千五百五十五人、内地炭鉱の華人は一万四千六十四人もあったとされています。

「次に君は『P貨車売り』を私の他に裏を取りたいだろうが、この体制で語る人は出てこんよ。私にだって、無言電話がしきりにかかってくる。妨害されてな。アメリカさえこの国の根を千切りはしなかった。女たちを強制した奴らは『なめくじ』なんだ。だが国家のお目こぼしで、国の専売の塩をぶっかけたって効き目がありっこないんだ。

戦史家だの軍事研究家がやるべき仕事なのに、みな黙っていて見ているだけ、書きも知らせもせんし、叩きつけたり、踏み潰すものもおらん。だから第一勧銀のような問題も起きているくせに、女ウサギの狩りこまれた後に、ギラギラした銀色のなめくじの足跡を見ようともしないんだ。なめくじの暴露は戦史家、軍事研究家にやらすことだね」

守備隊将校は、それっきり私との対話を避けたのでした。

騙してもいいという考え

その頃、私に東京の稲垣光江氏より一枚の資料が届きました。

それは切り抜いた新聞でした。慰安婦移送にも、貨車が提供されている話でした。

……中隊の討伐には慰安婦たちを飯炊きに連れだし、時にはそこで慰安婦の戦死さえもあった。補充の慰安婦集めは朝鮮の通訳に任せた。彼は軍属でもなく、密偵を兼ねる存在でもあった。朝鮮への狩りこみには、女一人につき千円を渡した（この金には女や女の親に渡されたものではなく、女を掠める請け負い金かと考えられる）。

……山岸は昭和十九年夏には、朝鮮清津に自ら出向き、八人の女を通訳らに掠め、二人で護送して衛水へと帰った。

野戦鉄道司令部に「慰安婦移送」といえば、貨車がすぐに提供してくれた。

植民地の女だから騙してもよいという考えもあった。家畜同様に扱った。

事実を語らぬことには、私の戦争は終わらない（平成五年九月十三日、北海道新聞）。

独立守備隊指揮下の野戦貨物廠、野戦鉄道司令部などには、A将校の語るように貨車が手配されるようになっていることを、この記事は語っているのです。

もとハルビン鉄道三連隊にいた元山俊美氏が、

「慰安婦は物資輸送の扱いでした。鉄道隊の中に器材物資調達の材料廠が、慰安婦輸送に関わりがありましたから、慰安婦は器材の扱いでした」

と語られていますが、独立守備隊のA将校の見透《みす》かしを知ったら、朝岡淳子は大きなうなずきをくれたでしょう。

このことは軍関与であり、軍隊も強制に立ち入ったことを物語ってます。このような事実は台湾にも、わけても朝鮮には何千という数でなされたに違いありません。

「日本政府及び民間によるこれまでの調査では、慰安婦の募集に当たり、『強制連行』を軍が行なった証明資料は見つかっていない。その行為及び実態も、一切特定されていない」と東京都江東区議会議長や「歴史教科書是正を求める会」などから、従軍慰安婦削除案が文部大臣に出されました。

また両者とも「慰安婦の存在は認めるが、従軍看護のような軍属ではなく、民間業者に雇われた慰安婦である。……最近の通俗用語を歴史教科書に『従軍慰安婦』と表記するのは、歴史事実に反し不道徳」といった意を謳っています。

遮二無二《しゃにむに》侵攻地に押し入り、嘘と力で掠め取り、管理下に置き、本人が望みもしない強姦交接を強《し》い、移動の先々まで随軍させながら民間業者の雇い女とだけ解すのは間違いでありましょう。

また業者を表にする言い逃れに頷《うなず》くだけでは、この国の持つ風儀としての汚い「不浄政策」を見通すことにはならないと思われます。

帰国に当たって

私がグノンキドールの山丘を見やりながら、翌朝も村の道を歩き続けました。丘は時には、村の椰子の木に見え隠れするのは、どの低い丘なのでしょう。

グノンキドールは、盆地のオノサリの街を芯に、広大な地域であるようでした。百九名の連行された慰安婦のうち、どうして三十九名が行方不明になるのでしょう。戦場死、餓死、海没、いずれの運命に翻弄されたのでしょうか。

私は田中教授の便りにあったパダス河畔の慰安婦や、パレンバンなどのジャワ女性慰安婦を思い出している最中《さなか》、静岡県長泉町の秋元実氏から、チモール島のジャワ人慰安婦のことで、便りと電話をいただいたことを思い出しました。

四十八師団三島野戦重砲三連隊第二大隊八百名は、ビルマ勘定作戦後に、ガダルカナル逆上陸の秘命でスラバヤに三日寄港、その折、ジャワ女性二十名による慰安所を見ました。秘命は戦況に合わせて変えられ、チモール島に任地変えとなりました。島都クーパンでは四か所の慰安所に日、朝鮮、ビルマ、インドネシア人の慰安婦を見ました。

任地はチモールの人煙まれなボスマ渓谷で、敗戦まで過ごしました。大隊長は空腹とマラリアと、戦況不利のため沈みがちな将兵の士気を高めるため、大隊のK曹長に慰安所の開所を命じ、使役兵で二棟の平屋を建て、南方のトバヤ地区から移動する歩兵隊からジャワ人の慰安婦を譲り受け、「ふじ倶楽部」と名づけ、部隊直属慰安所をつくりました。

女たちは十五名くらいに増やしました。二十歳前後の素人臭い人たちで、その女たちがきたのは昭和二十年三月の雨期明けでした。女たちの源氏名は八重子、一勇、悦子、糸子、とし子、明美、はま子などなどでした。

話によると、ジャワ女性たちは、日本軍食堂で働くという約束で、中部ジャワの山岳地から強制的に連れてこられました。

管理に当たった大隊は、各中隊に会報を毎日出し、「八重子マラリア」「とし子月経」などと、女たちの身体状況をあからさまに公開したのです（秋元氏、実話談）。
中部ジャワからチモール島にも狩りだされた女性たちがいたのでした。

胸に凍りつく言葉

家庭内慰安婦を自称する彼女（朝岡淳子）のために、私は十数年取材に明け暮れて知った慰安婦事情を、小まめにまとめて彼女への便として、そのつど彼女から電話も便りも、受け取っていました。

『父の青春時代の最も多感な時期に、軍が組織した最悪、最低の慰安所に関わる仕事をさせられ、人格が壊されてしまったんだと思っています。

母親の自己まで失わした父ですし、やたら振り回した夫権や家長権で、母親は空気を抜かれたゴム人形みたいでした。

だから同性の娘の危機も、父の顔色を見て護れなかった、そんな母を哀れんだこともありますが、今では母性の持ち合わせも失くした、自己中心的な人だと思います。

軍隊慰安所の常軌を反《そ》れたそのことに、誰一人、何の疑問も抱かないで女性たちを残忍に踏みにじったのです。

父はそれら女性の性と生を破壊し、目撃し、実のところ父自身もその破壊行為に情熱を持って当たったんです。

女性をその人生を、その体のすべてを破壊しても当然、何の良心の呵責も感じない戦争という環境で、青春時代を過ごしたのだと、パレンバンで会った元兵士の武藤守さんの話からも、そう感じていました。

家庭内で私を慰安婦同様に扱うことで、戦中の残忍な体験を自分の中で正当化させるために、戦後数十年を経ているにもかかわらず、衛生将校や軍医の行為を、家庭で再現させたのだと、パレンバンで実話を聞かされ、見たりして父のことをなお強く感じました。

戦地がどうあろうと私は父を許し、父を再びお父さんと呼びかける気持ちは起こりません。

加害者であった父の心の傷が深かったというのであれば、父と同様に当時青春を送っていられたはずの女性たち、当時何も知らない幼女や少女の傷は、どう考えればいいのでしょうか？　被害者の女性たちにも、父や狂った日本軍人たちと同等の人権や青春はあったはずですから。

被害者であった無名の、想像できないほど大勢の女性たちの心と体の傷、体を裂かれ命を断たれた女性たち、発狂した女性たち、病で死なれた女性たち、慰安婦にと狩りこまれ肉体も心も滅茶苦茶にされ、自分の潔白すら証明する言葉も手立ても、失ってしまった女性たちの無念の重さを、どのように償い、詫びるのでしょうか』

それらの電話での言葉や便りでの文面は、スラバヤのホテルで私に「父母を許せ」と、私をこの旅に誘ったのではないでしょうねと、念を押された時にも、聞かされた彼女の固い意思表現と同じでした。

彼女は自身の受けた傷は、胸に凍りついたままなのです。それを一生涯抱いて生きねばならない課題だとしているようです。

嘆いても、泣いても、どうにもならない性奴の日々、おぞましいその日々が慰安婦に堕《お》とされた女性たちの想いでもあるはずですと、彼女はその姿勢を崩さないのです。

アメリカやドイツでは、実の娘を犯したがる父などを、投薬で癖を治せるといいます。橋本旭の癖は、果たして投薬で治せるものだったのでしょうか。

彼女との旅を振り返って

彼女には旅の始めに、からゆきの墓地巡りに誘いました。

古い時代の波に攫《さら》われた女たちを見つめてもらうことで、過ぎ去った当時の国柄と日本の女が世界の女性史の中で、どんな位置にあったかを知ってもらいたいと思ったのでした。

大正末期に国際連盟が持ちだしました「婦女子の人売、その他醜業婦のこと」など、日本は批准をしませんでした。

ドイツはナチズムについての弾劾は、戦後長く続けられましたが、日本は「天皇イズム」について本当に迫れたといえるでしょうか。

こう書けば「自虐史観」かといわれそうですが、ドラを打って出されたファシズム下の兵士は、殺生も討伐も命令であり、女強奪も教わらなかったとは言い切れません。

昭和七年二月二十四日、国際連盟が日本の満州撤退勧告案を四十二対一で可決をし、松岡洋右日本代表が退席いたしました。

日本は三月二十七日、国際連盟脱退を発布し、血みどろの道を選んでしまいました。しかも前年の六月九日、国際連盟からバスコム・ジョンソン博士一行が、日本の婦女人売調査のため、東京にやってきました。

この時、政府は目一杯の取り繕いをし、吉原角海老楼と折り合って、公娼制については、娼妓は前借や人売による渡世ではないとか、決して強制ではないとか、嘘の方便を支度しました。そこでお女郎さんを盛装させ、遊客のもてなしのホステスに見せかけ、部屋には金屛風、生け花、掛け軸、香などの装いを凝《こ》らして欺きました。

ところが一行のうち四人は、マドロスになりすまして夜の吉原に繰りだし、娼妓の搾取の実態や楼主と警察との癒着や、ことに回しといって、割り部屋で一晩に何人もの客を取らせることなどを調べ上げたのです。

満州事変はそれから間もなくの九月十八日、柳条湖の満鉄路線爆破を口実に、関東軍が行動を起こし始めました。

日本の覇権と慰安婦

ジョンソン博士ら国際連盟の吉原における暴露的な報告は、満州事変の始まった翌年になされました。国際連盟は、

「支那について重要なのは、日本国籍を有する婦女子の売買である。その大多数は日本帝国より支那、ことに満州に売買されるものであるが、これもまた日本国内及び目的地における、公認娼妓の存在に基づくものである」

と発表しました。女にとって奴隷制の「公娼制」が日本にある限り、日本の覇権には慰安婦のように軍隊が用いる売淫をも、世界の識者は読んでいたといえます。

せめて国際連盟のくれた「満州撤退勧告案」に沿って、日本が針路を取れていたら自国兵士三百万、他のアジア人二千万余の死をも犯さずにすみ、橋本旭のような狂気も持ち越されずにすみ、慰安婦という半道徳性で支配されることもなかったのではないでしょうか。

長い十五年戦争で侵攻先に兵士を張り付けるための、戦中慰安婦の惨案は多重層な権圧で、女たちを絡めとりました。

明治を聖代とし、民は皇国の礎にと駆りだし、侵攻先では斃《たお》され、女たちの中には軍権から下は楼主まで、すべからく天皇の保塁として、異域にまで慰安婦としての屈辱を与えたのです。

私は永いこと『慰安婦たちの太平洋戦争』執筆以来、からゆき、慰安婦の仕事を続けてまいりました。

朝岡淳子との衝撃的な出会いによって、私は改めて自分の仕事を見詰め直しもしてみました。

慰安婦は「陸軍典範」に載ったように、れっきとした「国策売春」なのに、業者が勝手にやったとか、軍は強制していないとか、頑《かたく》なに固執する人々は、かつての血色の歴史を隠蔽し、「ドラ国日本」を再編成したい人といわれても致し方なかろうと思います。

軍策の劣性を家に持ち込んだ橋本旭によって、朝岡淳子は苦慮の地獄を這いまわりました。

「もし少女期の学習に慰安婦を教えられていたら、自分の生涯は変わっていたでしょう」

と彼女は私に訴えたことがあります。

「従軍慰安婦を中学教科書に入れたら……、日本という国家は本当に解体するだろう」

と藤岡信勝氏などの意見ですが、身近に朝岡淳子を知った私などは、逆に国も国民も慰安婦の惨案を許すような精神を解体しないのなら、どんなに他国に慇懃《いんぎん》に振る舞ったところで、明るい嘘の歴史だけを教わったところで、「ドラ国」としての肩章を外しはできないだろうと考えます。

私は一九九七年の春以来、朝岡淳子の痛みとともに生きてまいりました。そのことは果てることのない闇をともに彷徨《さまよ》った気がいたします。

彼女は一体、何に犯されたのか、朝岡淳子の私宛ての便り、私からの便り、そして共の旅をベースにまとめました。

彼女や自国、他国の女性たちに涙の冠をくれたのは、日本の国の歩みでもありました。

日本がアジアを犯しました事実が、朝岡淳子や侵攻地の女性たちを恐怖の地獄にいまだ繋げてあったのです。

奴辱の性因を生んだ真実

彼女がフランス、ドイツへの旅に出ると知らせてきましたので、私はまだ彼女と話し合っていなかったことを、急いで便りに書き出しました。

日本に慰安婦制度を命じたメッケル少佐が、ドイツから来日したのは一八八五（明治十八）年です。

日本はドイツに兵学教官の派遣を要請し、ドイツは参謀総長のモルトケにより、陸大の兵営教官メッケル参謀少佐を派遣しました。

メッケルは日本で陸軍大学の教官に任じられ、参謀将校を養成し、また陸大校長の児玉源太郎をはじめ大勢が彼の講義を聴講しました。メッケルは陸大の改革に相談役として貢献しました。

彼は三年後に帰国しましたが、一九〇五（明治三十八）年の日清戦の開戦に、満州総参謀長の児玉源太郎に作戦計画を記した電報や便りを送り、日清戦の勝利の後、日露戦争も指導しました。

一九三一（昭和六）年、満州（現中国東北部）全土の占領、日中戦争への軌道が確立し、メッケルは日本に対し、慰安婦の制度の持ち込みを命じました。

日本の明治期の兵站《へいたん》に、慰安婦や慰安所の典範はありません。メッケルの意見が入れられ、遊女の公娼を用いたり、占領地帰属地の女利用をナチスと同じにし、大東亜戦争の一九四二（昭和十七）年には日本の慰安所も、ドイツに沿って四百か所を上回りました。

第一次大戦は一九一四（大正三）年七月二十八日から一九一八（大正七）年十一月十一日までです。ドイツの慰安婦を見てみますと、一九一五（大正四）年から西部、東部に慰安所をつくりました。

ドイツ軍の占領したベルギー、フランスの町に階級による慰安所が見られ、オーストリアも慰安所管理をしました。

シュトラブルグ、メッツ、セダン、シャルヴィーユ、ムジーレス、サン、クワンタン、ベロンヌ、サンブレイ、リル、オステンドブルージュ、ゲント、アントワープ、ブリッセイなどのほか、戦線に遠い町にも慰安婦がいました。ポーランドにも慰安婦が置かれました。

ドイツ軍の占領した兵站部では、軍警が風紀監視を施し、売淫者などを慰安所に送りました。東部占領地では、女を強制的に慰安所に移しました。

ドイツの隣ベルギーの首都ブリュッセルでは、乞食も慰安婦の増えるほど窮乏していたので、ドイツ兵に身を売る女が大勢いましたが、西部戦線のブリュッセル、アントワープ、ゲント、リュージェでも慰安婦にする女性が多くいました。

ロシア軍がレンベルグに入ると、性病を持ち込み、ガルシアには梅毒を広め、一九一六（大正五）年には千三百四十名の慰安婦が、病院に入れられました。ウイルナはロシア統治の頃、七百三十九名の慰安婦中、六百四十三名が性病患者でした。

強制をなし、ベルギー、北フランスの女たちは、無条件にドイツ兵に提供されました。一九一八（大正七）年には三万余の慰安婦が、すでに死んだとされています。

ドイツ兵站司令部は、ルースペルク財団をつくりましたが、第二次大戦には強制収容所にと発展しています。

第二次大戦は一九三九（昭和十四）年九月一日から一九四五（昭和二十）年九月二日までです。

一九三九年、ウクライナやルーマニア国境を逃れたユダヤ人二十万余がドイツ軍の包囲で殺されました。

日本はドイツ、イタリアと枢軸国とし、日本のアメリカ、イギリス、オランダへの宣戦布告は一九四一（昭和十六）年十二月八日でした。

ヨーロッパでは一九三九年九月一日、ナチスドイツがポーランドを侵攻したことで、イギリス、フランスがドイツに宣戦布告したことにより始まりました。

ドイツは一九四〇（昭和十五）から一九四二（昭和十七）年までに、三万五千人の女囚を仕立て上げました。

ユダヤ女性はドイツのパトロール隊に捕まえられ、ハンガリーのユダヤ女性はロシア戦線に連行され、また東部戦線には数百人のロシア女性が、ドイツ軍の女にされました。

日中戦の日本陸軍はメッケルの命令で、軍直営の慰安所をつくり、女の利用は公娼と、ドイツが用いた占領地の女などと同じようになされていきました。

戦中の両国では、女性の人権など顧《かえり》みられなかったのです。

日本は列強同様に大日本帝国植民地をアジアに夢見ての、大東亜戦争であり、勝つために兵を侵攻地に張り付けるため慰安所を次々と増やし、ドイツの国防軍用慰安所は五百とされました。

一九四一年緒戦の頃、日本の予定慰安所も、メッケルによりドイツの枠内で四百か所と発表されましたが、私の取材で慰安婦も五十万人、慰安所も四百二十か所であり、メッケルの数を上回っていました。

一九四二年中盤まで欧州、大東亜戦争ともに枢軸国が有利でしたが、その後は連合国側が優勢に転じ、一九四三（昭和十八）年一月にスターリングラードでドイツ軍が降伏し、九月にアメリカ、イギリス連合軍が北アフリカに上陸したことでイタリアが降伏、一九四五年五月、アメリカ、イギリス軍がベルリン占領によりドイツが降伏。同年八月には日本の広島、長崎にアメリカの原子爆弾が投下され、ソ連は日本との日ソ中立条約を破棄して宣戦し、満州にいた関東軍七十万の倍余の兵を向け、日本は八月十五日、アメリカに降伏したにもかかわらず、ソ連は八月十六日から南樺太、千島列島を占領し、日本軍はソ連軍に降伏しました。

ソ連は占領した満州、樺太、千島に軍民二百七十万六千人の日本人のうち百七万人をソ連に抑留し、一九四五年八月から五年間に日本人捕虜の死者は三十七万四千四十一人を数えました。

男性の性欲のみ自然なものとして、国策売春が打ち立てられ、戦中のドイツや日本などで、女性の人権など顧みられはしなかったのです。

女性の性が国家権力によって、統制配給をなした第二次大戦のドイツ、大東亜戦争の日本など、奴辱の性囚を生んだ事実に決して眼を背《そむ》けてはいけないのだと思います。


（合掌）

あとがき

　女性哀史の命題で三十巻余の本を著わし、「苦界の女の悼み」を新聞にも掲載し、苦界の女の供養を諸々に祀り、慰霊をしてまいりました。
　この本を書き終え、「アジア太平洋戦争被害者供養碑鎢」を祀りたいと念願していましたら、新聞に出されました。

　　墓誌

一、兵士の死者二百四十六万人
二、空爆死者四十八万二千三百六十八人
三、原爆死者三十四万人
四、空爆五十六回　被害者二百八十九万三千三百人
五、沖縄戦の死者　島民十万人　兵士九万余人
六、戦中慰安婦五十万人　占領慰安婦七万余人

七、反戦者岡田四郎氏はじめ、治安維持法で刑された十万余人
八、ソ連抑留者百七万中死者三十七万四千四十一人
九、喪失戦艦二千三百九十四隻　　死者大多数
十、アジア人死者二千万人余

戦争の放棄は昭和二十一年十一月三日でありますが、政府も兵士の死者以外祀っていませんので、全国七千か所からある「九条の会」などで、右の墓誌を祀っていただき、また著者のことを記事にして伊豆市民の方々や、他の二十一か所の祀りこみの活動を教えてくれています。

鵃（うはつきゅう）碑は昭和五十一年、日本中を取材し、県知事賞を得ました。

供養碑には触るだけで成仏し、触った人には吉祥成就が授かるとされています。

従軍慰安婦たちの真実〈戦争の習わしを蔑む〉

2009年11月18日　第1刷発行

著　者　山　田　盟　子
発行人　浜　　　正　史
発行所　株式会社　元就《げんしゅう》出版社
〒171-0022 東京都豊島区南池袋4-20-9
サンロードビル2F-B
電話　03-3986-7736 FAX 03-3987-2580
振替　00120-3-31078
装　幀　純　谷　祥　一
印刷所　中央精版印刷株式会社

ISBN978-4-86106-182-0　C0095